Hans Melzer-Gunesch

Die Rächerin

AF235604

Hans Melzer-Gunesch

Die Rächerin

Roman

Bibliografische Information der Deutschen
Nationalbibliothek:
Die Deutsche Nationalbibliothek verzeichnet diese
Publikation in der Deutschen Nationalbibliografie;
detaillierte bibliografische Daten sind im Internet über
http://dnb.dnb.de abrufbar.

© 2022 Hans Melzer-Gunesch

Herstellung und Verlag: BoD – Books on Demand,
Norderstedt

ISBN: 978-3-7562-1116-6

Wer auf Rache aus ist, der grabe zwei Gräber.

Chinesische Weisheit

***

„Wann haben Sie sie aufgefunden?" – Johann Maurer sah sich in dem kärglich eingerichteten Zimmer um. Ein schmales Bett, höchstens 60 cm breit, ein winziger Tisch an der Wand, darauf ein Schlüssel. Darunter ein einfacher Holzstuhl, an der gegenüberliegenden Wand am Boden eine Waschschüssel aus weiß lackiertem Blech, das an etlichen Stellen durch Brüche in dem Lack durchschimmerte. Daneben eine Wasserkaraffe. Ein kleiner verblasster Spiegel darüber. Kein Schrank. Kein Herd. Wahrscheinlich gab's zum Kochen eine gemeinsame Küche im Haus. Dafür befand sich unter dem einzigen Fenster ein kleiner mit Gas betriebener Heizkörper. Beim genaueren Hinschauen entdeckte Johann den Münzschlitz, mit dem man die Heizung aktivieren musste. Es war kalt im Zimmer. Sehr kalt genau genommen. Der Heizkörper hatte wohl schon lange keine Münze mehr erhalten.

„Heute Mittag. Nachdem sie sich heute Morgen das Glas Milch nicht abgeholt hat und ich sie auch nicht hab weggehen sehen, wollte ich nach ihr schauen. Als sie nicht antwortete, habe ich die Türe mit dem Generalschlüssel geöffnet. Sie lag gekrümmt in ihrem Bett, als habe sie Bauchschmerzen." Frau Werner, Leiterin des Frauenhauses, eine hagere Frau mittleren Alters, bemühte sich auffällig, nicht in Richtung des Bettes zu schauen. Man sah es ihr an, dass sie das Zimmer am liebsten sofort verlassen wollte.

„Haben Sie sie angefasst oder bewegt?"

„Nein, habe ich nicht. Ich habe sie angesprochen und danach laut ihren Namen gerufen. Als sie nicht antwortete, wusste ich, dass etwas Schlimmes geschehen ist. So habe ich sofort die Polizei gerufen."

„Danke", entgegnete Johann. „Sie können jetzt gehen. Halten Sie sich aber bitte bereit für weitere Nachfragen." Er wandte sich von ihr ab und stellte fest, dass am Fußende des Bettes ein langes Frauenkleid lag, aber keine weitere Wäsche.

Dann betrachtete er die Tote. Noch sah er aber nicht viel von ihr, denn sie lag mit dem Gesicht zur Wand. Er wollte es dem Pathologen überlassen, sie umzudrehen. Dann konnten auch erste Rückschlüsse über die Todesursache gezogen werden. Er hatte lediglich an der Schlagader ertastet, dass kein Leben mehr durch die Frau floss. Dabei erkannte er, dass sie recht jung war. Ihr Gesicht sah zwar friedlich aus, aber abgesehen davon, dass sie tot war, wies ihr dünnes Gesicht eine gewisse Leidensgeschichte auf, geprägt von: Hunger.

Johann kannte diesen Gesichtszug. Seine tägliche Arbeit hatte auch viel mit Straftätern zu tun, deren Taten der Armut geschuldet waren, meistens dem Hunger. Er befasste sich nur ungern mit ihnen, denn der sogenannte Mundraub war in seinen Augen bei Weitem nicht so schlimm wie die aus Habgier begangenen Straftaten.

Er schätzte die Frau auf Mitte Zwanzig. Sie lag eingehüllt in einem Wollmantel, der an seinem Ende lose Fasern aufwies, ansonsten aber offensichtlich in Ordnung war. Auf den ersten Blick war kein Blut zu sehen oder andere Spuren einer etwaigen Gewaltanwendung.

„Na, was haben wir denn hier?" – Ohne jemanden sonst zu beachten, schritt der Pathologe auf die Tote zu und begann, sie sorgfältig abzutasten, bevor er sie umdrehte. Die Leichenstarre hatte schon längst eingesetzt und so musste die fahrbare Trage ans Bett gestellt werden, sonst wäre die Leiche durch den Vorgang hinuntergefallen.

Als sie nun auf der Trage lag, entdeckte Johann auf dem Bett das Etwas, das ihn durch diesen Fall tragen würde! Es sah aus wie ein kartoniertes Buch, aber Johann erkannte noch bevor er es behandschuht in die Hand nahm: Es war eins dieser Hefte, in die man hineinschrieb:

Ein Tagebuch! Und es war in der Tat vollgeschrieben. Bis hin zur letzten Seite. Da war kein Platz mehr. Die Anzahl der Seiten konnte er nicht abschätzen, aber das Heft war gut drei Zentimeter dick.

Sorgfältig, als wollte er vermeiden, dass das Tagebuch in seiner Hand zerbröckelte, obwohl es eigentlich in einem guten Zustand war, öffnete er den Heftdeckel und las auf der ersten Seite:

Lore Weinrather

Mein Tagebuch

Die Rückseite des Blattes war fast leer. Nur oben war eine Zeile, die – wie Johann sofort bemerkte – einen Satz zu Ende brachte, der woanders begonnen wurde. Die Seite war wohl ursprünglich fein säuberlich freigehalten worden wie bei einem richtigen Buch.

Die Schrift war auch nicht mehr so fein kalligraphiert wie auf der ersten Seite, sondern krakelig unregelmäßig. Johann dachte sich sofort, wo der Satz angefangen wurde für die Zeile, die eigentlich nicht auf Seite zwei gehörte.

Ein kurzer Blick auf die letzte vollgeschriebene Seite genügte, um zu erkennen, wo der unvollständige Satz begann. Und das wiederum genügte Johann, um zu erkennen, dass dieser Fall höchstwahrscheinlich ein richtiger Kriminalfall war.

Das Tagebuch begann auf Seite drei mit dem Datum:

5. Mai 1957

Da er vorerst genug gesehen hatte – die Todesursache würde er nach der Autopsie erfahren – beschloss er, schon mal zurück in sein Büro in der Juchgasse zu fahren. Er würde mit dem Tagebuch anfangen. Das bereits Gelesene machte ihn neugierig und er wusste, dass es gut war, mit der Lektüre zu beginnen.

***

Johann hatte es in der Zeitung gesehen. Die Familie des Färberei-Fabrikanten Dr. Feibl gab die Verlobung der Tochter Emilie mit dem Erben der Färberei Winkler bekannt. Die zwei Färbereien waren harte Konkurrenten über die letzten zwei Jahrhunderte gewesen. Beide am Wienufer im Stadtteil Ober St. Veit gelegen, konnten sie sich nicht aus dem Weg gehen, da das Wasser der Wien unentbehrlich für die Produktion in beiden Fabriken war sowie für die Entsorgung des Abwassers.

Mittlerweile hatten sich beide Fabriken, auch wenn sie sich nach wie vor Färbereien nannten, zu Textilproduzenten entwickelt, wobei die Firma Feibl hauptsächlich Skianzüge vertrieb, während die Firma Winkler sich eher auf modische Kleidung verlegt hatte. Die Liaison der beiden Familien bedeutete praktisch eine Firmenfusion, die aus der Konkurrenz ein Asset machen sollte.

Johann wusste, dass für Sonntag das große Fest geplant war, und so beschloss er, am Abend vorher die Familie Dr. Feibl in ihrem vornehmen Haus in der Amalienstraße 48 zu besuchen. Er nahm an, sie würden letzte Vorbereitungen treffen und der Bräutigam, Anton Winkler, könnte auch anwesend sein.

In den letzten Tagen nach dem Auffinden der toten Lore Weinrather hatte er sich hauptsächlich mit der Lektüre des gefundenen Tagebuchs befasst und, gewissenhaft wie er war, viele Notizen gemacht. Mit der Zeit war das sehr hilfreich gewesen, denn langsam verknüpften sich diese zu einem Gesamtbild, das ihn nicht nur überraschte, sondern seitdem auch dauernd beschäftigte. Auch hatte er an einer bestimmten Stelle, die Sinn machte, ein Foto entdeckt. Es lag fein säuberlich zwischen den Seiten und zeigte eine hübsche Frau, scheu lächelnd, sodass man nicht erkennen konnte, ob das Lächeln echt war oder nur dem Fotografen zuliebe aufgesetzt. Jedenfalls sah sie da besser aus als auf ihrem Sterbebett.

„Ich könnte mir vorstellen, dass Ihre Familie nicht sehr erbaut ist über die anstehende Verbindung. Sie hat sich für Sie bestimmt eine noch bessere Partie vorgestellt." Dr. Feibl beugte sich etwas vor, so als wollte er etwas im Vertrauen sagen, obwohl sich sonst niemand im Salon befand.

„Könnte sein", erwiderte Anton Winkler zurückhaltend. Er sah sich im Raum um, obwohl er nicht das erste Mal da war, und stellte tatsächlich fest, dass er mehr Luxus gewohnt war. Die Feibls waren gewiss wohlhabend, aber bis zu dem Luxus der Winklers fehlte einiges. In den letzten fünfzig Jahren hatte die Färberei Winkler ihren Konkurrenten wirtschaftlich überholt. Was die Feibls allerdings noch nicht wussten trotz der üblichen Industriespionage, die auf diesem Level auf Indiskretionen aus dem gegnerischen Lager fußte, war, dass die Firma Winkler seit geraumer Zeit Probleme mit ihren Modetextilien hatte, da die Konkurrenz weltweit explodierte. Die Firma Feibl hingegen machte mit ihrer Skimode einen soliden Umsatz.

„Weshalb wollen Sie dennoch meine Tochter heiraten?" – fragte Dr. Feibl nicht besonders irritiert über die kühle Antwort des Schwiegersohns in spe. In diesen Kreisen war man noch weniger einfühlsame Bemerkungen gewohnt. So eine ließ auch nicht lange auf sich warten:

„*Lieber der Spatz in der Hand als die Taube auf dem Dach*, so heißt es doch, oder?" Anton nahm einen Zug aus der amerikanischen Zigarette der Marke Kent und schaute seinen zukünftigen Schwiegervater ausdruckslos an. Dr. Feibl ließ sich nach wie vor nichts anmerken, nahm aber innerlich etwas angespannt einen Schluck aus dem Whiskyglas.

Er brauchte nur einige Sekunden, um sich zu sammeln und den Trumpf auszuspielen, den er von Anfang an für dieses Gespräch eingeplant hatte:

„Nun, da verrate ich Ihnen im Vertrauen etwas, das diese Verbindung für Sie schmackhafter machen wird. Ich bin vorgesehen für einen Sitz im Stadtrat. Es ist noch nicht offiziell, aber so gut wie sicher. Was sagen Sie jetzt dazu?" Mit gespieltem Selbstbewusstsein, der Triumph ausdrücken sollte, lächelte Dr. Feibl sein Gegenüber an.

„Klingt gut", gab Anton nach wie vor ungerührt zurück. „Es ist ja nicht so, dass ich mich für Ihre Familie schämen müsste. Wir sind ja geschäftlich auf Augenhöhe, nicht wahr?" – log Anton. „Und Ihre Tochter Emilie ist eine reizende junge Dame, die einen Mann aus gutem Hause gewiss verdient", beeilte sich Anton das Gespräch wieder in angenehmere Bahnen zu lenken. Emilie gefiel ihm wirklich, aber gegenüber dem Vater wollte er das nicht zu offen zugeben. Mit seiner Haltung hoffte er, ihn dazu zu bewegen, mit einer ordentlichen Mitgift die für Familie Feibl vermeintlich vorteilhafte Verbindung zu besiegeln.

Die Türe zum Salon ging auf und Emilie trat herein. Sie nickte Anton unmerklich zu und begab sich zu ihrem Vater:

„Ein Herr Kriminalkommissar Maurer möchte dich sprechen, Vater."

Dr. Feibl konnte sein Erstaunen nicht gut verbergen, gab sich aber Mühe, gelassen zu bleiben.

„So, so, ein Kriminalkommissar! Mal sehen, was der von mir will. Ich kann mich nicht erinnern, jemanden umgebracht zu haben", schmetterte er lachend in den Raum. „Bitte ihn doch herein, Kind!"

Als ob er das vernommen hatte, stand Johann schon in der Türe und grüßte in den Salon hinein: „Einen schönen guten Abend wünsche ich! Ich hoffe, ich störe nicht am Vorabend eines so wichtigen Tages für Ihre Familie."

„Kommen Sie nur, Herr Kommissar! Was verschafft mir die Ehre? Ich hoffe, Sie beschuldigen mich keines Kapitalverbrechens!" Dr. Feibl verblieb in dem Scherzmodus, den er eingenommen hatte, als der Kommissar angemeldet wurde.

Johann ging darauf nicht ein. Alles, was er dazu bemerkte, war: „Ich weiß noch nicht, ob es sich um ein Kapitalverbrechen handelt, aber deshalb bin ich hier. Um diese Frage zu klären."

Die scherzhafte Stimmung, die sich Dr. Feibl zugelegt hatte, trübte sich sichtlich ein, indem ein unsicheres Lächeln übrigblieb und er nach Luft schnappte. Er war sich in der Tat nicht bewusst, etwas verbrochen zu haben, doch als gebildeter Mann fiel ihm sofort die Romanfigur des Josef K. in Kafkas „Prozess" ein, der verhaftet wurde, ohne jemals zu erfahren, was er getan hatte. Deshalb fragte er spontan: „Aber verhaften wollen Sie mich nicht, oder?" Damit gelang es ihm, wieder so zu tun, als würde er das Erscheinen des Kommissars nicht ganz ernst nehmen.

„Wie gesagt, ich will hier erst einmal einige Dinge klären", ließ sich Johann auf keine weiteren Spielchen ein.

„Na dann schießen Sie los, Herr Kommissar! Ich meine nicht wörtlich, sondern mit Ihren Fragen", blieb Dr. Feibl bei seiner unernsten Haltung.

„Kennen Sie eigentlich alle Ihre Arbeiterinnen in der Färberei?" – fragte Johann als erstes.

Der Hausherr sah ihn ungläubig an und schüttelte zum Zeichen des Unverständnisses den Kopf: „Wie kommen Sie denn darauf!? Ich kann doch nicht alle meine Arbeiterinnen kennen! Es sind bestimmt über dreißig."

„Kennen Sie eine gewisse Lore Weinrather?" Johann fuhr mit seiner nächsten Frage unbeirrt fort.

Dr. Feibl tat so, als würde er nachdenken, aber die Arbeiterinnen interessierten ihn nicht, also würde er auch keine bestimmte kennen.

„Nein, woher sollte ich sie kennen?" – antwortete er etwas ungehalten.

„Diese Frau hat vor drei Jahren in Ihrer Färberei einen Streik angezettelt", entgegnete Johann. „Erinnern Sie sich daran?"

Dr. Feibl fiel langsam ein Vorfall ein – „war es tatsächlich nur drei Jahre her?" – der ärgerlich gewesen war, den er aber gedanklich schon längst abgehakt hatte.

„Ja, da war was, ich kann mich vage erinnern … Sie sagen, es war ein Streik? Mag sein … Aber an eine Frau kann ich mich nicht erinnern." Er dachte nun doch angestrengt nach, denn wie durch sich auflösende Dampfschwaden in seiner Färberei nahm ein gewisser Vorfall Konturen an.

„Vielleicht hilft Ihnen dieses Foto, sich zu erinnern." Johann hielt ihm das Foto, das er im Tagebuch gefunden hatte, vor die Nase. Dieser wollte es zur näheren Betrachtung in die Hand nehmen, aber der Kommissar gab es nicht her.

„Hm … ja ja … jetzt weiß ich es wieder. Das war die Aufrührerin, die die Produktion damals fünf Tage lahmgelegt hat, indem sie und die anderen Frauen in der Färberei nicht zur Arbeit erschienen sind. Ich konnte mir das von dieser Frau nicht bieten lassen und habe sie entlassen."

„Richtig so!" – warf Anton ein. „Solche Unruhestifter haben wir auch hin und wieder in unserer Fabrik. Da hat man keine andere Wahl, als gnadenlos durchzugreifen. Sonst tanzen sie einem andauernd auf der Nase herum!" Er betrachtete es als seine Pflicht als Unternehmer, seine Zunft sozusagen zu verteidigen.

„Und wieso kommen Sie damit nun zu mir, Herr Kommissar? Hat sich die Frau über mich beschwert? Ich kann kein Fehlverhalten meinerseits erkennen. Im Gegenteil, habe verantwortungsbewusst gehandelt, denn hätte dieser wilde Streik länger gedauert, hätte ich Verluste eingefahren und als Folge davon weitere Arbeiterinnen entlassen müssen."

„Sehe ich auch so", griff Anton erneut unterstützend ein.

Ohne auf diese Bemerkung zu reagieren, beantwortete Johann Dr. Feibls Frage: „Sie hat sich in der Tat in gewisser Hinsicht beschwert, aber nun ist sie tot."

Kein Wunder, dass alle überrascht reagierten. Emilie, die die ganze Zeit aufmerksam zugehört hatte, seufzte mit schriller Stimme ungewollt auf und hielt beide Hände vor den Mund. Anton machte eine eher abwehrende Armbewegung und zündete sich scheinbar unbeeindruckt eine neue Kent-Zigarette an. Dr. Feibl erholte sich als erster.

„Dann frage ich Sie erneut: Weshalb kommen Sie damit zu mir? Welche Schuld werfen Sie mir denn vor?" Selbstbewusst, trotzig, baute er sich vor Johann auf, musste aber auf Grund seiner kleineren Größe zu ihm hochschauen.

„Das werden Sie noch rechtzeitig erfahren", antwortete der Kommissar, wobei sein Ton in keiner Weise geheimnisvoll war, sondern absolut emotionslos nüchtern.

„Kannten Sie diese Frau, Fräulein Feibl?" – wandte sich Johann völlig überraschend an Emilie. Mit großen, fast erschrockenen Augen sah sie den Inspektor an und antwortete fassungslos: „Nein, natürlich nicht! Wie kommen Sie dazu, das anzunehmen?"

„Hätte sein können. Habe erfahren, dass Sie sich auch – wie Ihre Frau Mutter – ehrenamtlich um Frauen kümmern, die in Not geraten sind. Vielleicht haben Sie ja im Rahmen dieser Tätigkeit vom Schicksal dieser Frau erfahren."

„Welches Schicksal, Herr Kommissar? Meinen Sie die Entlassung durch meinen Vater? Das tut mir aufrichtig leid für diese Frau, wirklich, aber vor drei Jahren? Da war ich noch nicht in der ehrenamtlichen Frauenarbeit tätig."

„Was heißt hier, es tut dir leid?!" – fauchte Dr. Feibl seine Tochter vorwurfsvoll an. „Das kannst du nicht beurteilen! Du trägst nicht diese Verantwortung, die man als Unternehmer für seine Angestellten und natürlich für seine Familie hat!"

„Ja ja, immer dasselbe!" Emilie sah ihren Vater unerschrocken an: „Eure Verantwortung! Was ist mit der Verantwortung dieser armen Frau gegenüber?"

„Aber Liebling! Jetzt bist du ungerecht! Man muss für sein eigenes Verhalten auch verantwortlich sein und als Aufrührer gehörst du raus aus der Fabrik, basta!" Anton griff ein, denn er hatte das Gefühl, er müsse seiner zukünftigen Gattin zeigen, dass Unternehmensführung Männersache sei.

Emilie war nun wütend, antwortete aber nicht. Sie konnte Anton noch nicht richtig einschätzen. Sie mochte ihn schon und er benahm sich immer höchst galant ihr gegenüber. Aber Liebe – sie war sich da nicht sicher. Das war ein Konzept, das sie überwiegend aus Romanen kannte. In ihren Kreisen heiratete man nicht aus Liebe. Dennoch, sie hoffte darauf. Konflikte jedoch mussten sie bisher noch nicht austragen.

„Herr Kommissar, wieso fragen Sie mich danach?" – wiederholte sie die Frage. „Kann ich wenigstens das Foto sehen?" Emilie machte einen Schritt auf Johann zu.

„Nein, noch nicht", antwortete er und steckte das Foto wieder in die Innentasche des Mantels, den er die ganze Zeit nicht abgelegt hatte. In Gedanken, als wolle er sich die nächsten Fragen überlegen, ging er langsam um den Salontisch herum …

***

Sie hatte das Treffen selbst organisiert. Sie waren nur fünf Arbeiterinnen, aber jede von ihnen sollte Kontakt mit weiteren fünf bis sechs aufnehmen. Auf dem Nachhauseweg von der Arbeit trafen sie sich auf der Sankt Veiter Brücke. Dort war reger Verkehr und es fiel niemandem auf, wenn sich fünf Frauen in ihrer Arbeitskleidung nach der Arbeit für eine Weile unterhielten. Einige würden danach in Richtung Südwest den langen Fußweg nach Hacking antreten, andere, darunter auch sie selbst, nach Nordwest in Richtung Penzing. Eine Stunde Fußmarsch in die billigeren Außenbezirke Wiens war für diese Frauen nichts Ungewöhnliches.

„Ich sage euch, wenn wir uns nicht wehren, dann wird sich nichts verbessern! Es gibt schon Betriebe, davon habe ich gehört, in denen die Mittagspause länger als fünfzehn Minuten dauert. Mancherorts wird auch eine Kaffeepause um neun Uhr dreißig gewährt. Und unsere Bezahlung bewegt sich im ganz unteren Bereich. Das können wir uns nicht länger bieten lassen!"

„Aber Lore, wie willst du das durchsetzen? Als wir die Vorarbeiterin baten, unsere Wünsche Dr. Feibl vorzutragen, hat sie sich geweigert aus Angst, Schwierigkeiten zu bekommen. Du weißt, wie streng man mit uns umgeht. Jede Verschnaufpause zieht eine ernsthafte Verwarnung nach sich!" Ihre gute Kollegin Sisi, mit der sie sich auch sonst gerne austauschte, drückte das aus, was alle dachten. Das wusste sie. Und sie wusste auch, wie sehr jede von ihnen auf diese Arbeit angewiesen war. Sie selbst ja auch. Es war grundsätzlich ein großes Risiko, sich mit seinem Arbeitgeber anzulegen. Wurde man gefeuert, hatte man gleich zweifach kaum noch eine Chance, neue

Arbeit zu bekommen. Ohne ein gutes Zeugnis und als Folge einer Entlassung war es reine Glücksache, einem Lotteriegewinn gleich, etwas Neues zu finden.

„Wir haben nur eine Chance, wenn wir gemeinsam vorgehen!"

„Ja und wie stellst du dir das vor? Wir gehen einfach zu ihm und sagen, was wir wollen?"

Lore wusste, dass es nun auf ihre Überzeugungskraft ankam: „Ja, genau das. Aber das ist noch nicht alles. Wenn er unseren Forderungen nicht sofort nachkommt, dann teilen wir ihm mit, dass alle zweiunddreißig Frauen so lange nicht zur Arbeit antreten, solange er die Forderungen nicht erfüllt. Jeden Morgen treffen wir uns alle vor der Fabrik und beginnen mit der Arbeit erst, wenn wir eine positive Antwort erhalten."

„Woher weißt du, dass alle Frauen mitmachen werden?"

„Weiß ich nicht, aber sie haben keine Wahl. Wenn auch nur zehn Frauen fehlen, ist die Arbeit für die anderen nicht mehr zu bewältigen. Wir müssen geschlossen handeln!"

„Woher nimmst du diesen Mut, Lore? Was, wenn er uns einfach entlässt?"

„Kann er nicht. Seine Färberei würde lange stillstehen, bis er so viele Arbeiterinnen neu angelernt hätte. Das kann er sich bestimmt nicht leisten. Seht ihr nicht, wie sehr er auf uns angewiesen ist?"

Lore beobachtete ihre Kolleginnen. Man sah es ihnen regelrecht an, wie sie sich innerlich Mut machten. Nun mussten sie nur noch die anderen überzeugen.

„Seid ihr nicht ganz bei Trost?!" Lore ahnte natürlich, dass Dr. Feibl so reagieren würde. Man sah ihm an, dass er innerlich vor Wut kochte. Sie bekam bereits weiche Knie, ließ sich aber nichts anmerken. Jetzt kam es auf ihren Mut an. Die vier Kolleginnen von der Sankt Veiter Brücke hielten sich schüchtern zwei Schritte hinter ihr auf und waren nicht in der Lage, irgendetwas zu sagen.

„Wir haben uns das gut überlegt. Es gibt sonst nichts mehr zu besprechen."

Lore hatte mit den Kolleginnen ausgemacht, dass sie nach dem Vortrag ihrer Forderungen sofort gehen sollten. Das würde die Wirkung ihres Auftrittes verstärken. Mit einer sofortigen Zusage sei ohnehin nicht zu rechnen. In dem Augenblick aber, als sie kehrtmachen wollte, rief Dr. Feibl: „Du da vorne, wie ist dein Name?"

„Lore Weinrather", antwortete sie mit einem kleinen Frosch im Hals. Jetzt begann wohl der Teil, den sie nicht im Voraus hatte planen können.

„Du bleibst mal da! Die anderen können gehen."

Fast schon eilig entfernten sich die Vier und Lore ahnte, dass sie jetzt stark sein musste. Dr. Feibl, untersetzt, mit einem bereits deutlichen Bierbauch ausgestattet, näherte sich ihr bis auf einen kleinen Schritt. Innerlich zitternd, hielt sie seinem Blick stand, mit dem er sie wohl einschüchtern wollte. Plötzlich berührte seine Hand, die sie nicht hatte hochkommen sehen, ihr Gesicht. Langsam strich er über ihre linke Wange. Starr vor Schreck wich sie dem aber nicht aus. Sie wollte zeigen, dass sie keine Angst vor ihm hatte.

„Hübsch hübsch, will ich schon sagen. Und so frech … Ich mache dir einen Vorschlag: Ich erhöhe deinen Lohn. Zahle dir so viel wie der Vorarbeiterin. Du lässt alle anderen Forderungen fallen und sorgst dafür, dass die Frauen morgen zur Arbeit erscheinen. Was hältst du davon?"

Seine Hand löste sich langsam von ihrer Wange und Dr. Feibl machte einen Schritt zurück.

„Gar nichts", antwortete sie, drehte sich um und ging pochenden Herzens so schnell sie konnte aus der Kontrollkabine oberhalb der Halle hinaus.

„Er hat unsere Forderungen alle erfüllt! Wir haben 15 Minuten Kaffeepause am Vormittag und 30 Minuten Mittagspause! Jede hat das Recht zweimal am Tag auf die Toilette zu gehen! Nur die Lohnerhöhung fällt nicht sehr üppig aus: fünf Prozent. Ich finde, wir sollten annehmen!" Lore vernahm die Worte der Vorarbeiterin, die jeden der vorausgegangenen fünf Tage herauskam, um den Stand der Dinge – bis dahin ergebnislos – zu melden. Dieses Mal kam sie angerannt und Lore fiel es auf, dass sie „unsere" Forderungen sagte. Sie konnte ein Lächeln darüber nicht unterdrücken, wobei der allgemeine Jubel sie dann noch mehr erheiterte. Die ganzen Tage war sie sehr angespannt gewesen und nicht selten hatte sie Zweifel darüber bekommen, ob sie richtig gehandelt hatte. Jetzt beobachtete sie die Frauen, wie sie sich umarmten und sich glücklich auf den Weg zur harten Arbeit machten, die ihnen aber das wirtschaftliche Überleben sicherte.

Sie sah die Vorarbeiterin auf sich zukommen. Mit ernstem Gesicht und nüchterner Stimme sagte diese: „Du nicht. Hier sind deine Entlassungspapiere. Du kannst gleich nach Hause gehen." Ohne ein Anzeichen des Bedauerns drehte sich die Vorarbeiterin um und ging den anderen Frauen in die Fabrik hinterher.

Lore hielt den Zweizeiler in der Hand, starrte darauf, als wollte sie noch mehr entziffern, aber es wurde nicht mehr. Mittlerweile waren alle Frauen in der Fabrik verschwunden und sie wusste nicht, ob sie schon bemerkt hatten, dass sie selbst nicht mit dabei war.

Ohne irgendein Gefühl, taub am ganzen Körper, schritt sie langsam weg. Weg von … wovon denn? Sie wusste es nicht mehr …

***

„Gut, ich zeige Ihnen das Foto." Johann ging auf Emilie zu und hielt ihr das Foto hin. Sie betrachtete es genau, obwohl sie nicht erwartete, diese Frau zu kennen. Woher denn auch?

Johann rechnete aber damit, dass sie die Frau erkennen würde. Deshalb beeilte er sich nicht, das Foto wieder aus ihrem Sichtfeld zurückzuziehen. Emilie wollte selbst gerade wieder einen Schritt zurückgehen, als ihre Augen plötzlich größer wurden und sie langsam, ganz langsam, ihre Hände vor das Gesicht schlug.

„Nein, das kann nicht sein", gab sie halblaut von sich. Sie wandte sich ab und versank mit erschrockenem Blick in Gedanken …

***

„Fräulein Lore, würden Sie sich bitte um die Kundin kümmern?" Lore war gerade damit beschäftigt, die Stoffballen nach Farbe und Muster in die Regale zu verstauen. Wortlos ging sie auf die junge Dame zu, die zusammen mit ihrer Mutter dabei war, ein Kleid auszusuchen, und stellte sich in gebührendem Abstand zur Verfügung.

Das vornehme Bekleidungsgeschäft in der Kärntner Straße hatte in der Regel vornehme Kundschaft, die einen gewissen Service erwartete. Lore hatte unsägliches Glück gehabt, als sie nach Monaten entbehrungsreichen Lebens in der Auslage des Geschäfts die Anzeige las. Man suchte eine junge Verkäuferin, die man auch anlernen würde, vorausgesetzt sie hatte ein höfliches Benehmen. Sauberkeit war „conditio sine qua non". Sie vermutete, dass dieser Ausdruck ungebildete Frauen von vorneherein davon abhalten sollte, sich zu bewerben. Da sie gerade ihr bestes Kleidungsstück anhatte, mit dem sie sich überhaupt in die Kärntner Straße wagte, ging sie auch sofort in den Laden. Es folgte ein ausführliches Gespräch, in dem sie sich instinktiv so verhielt, wie man es sich offenbar von ihr erwartete. Die Tatsache, dass sie kein Empfehlungsschreiben hatte, rief bei der Inhaberin, Frau Wieding, Stirnrunzeln hervor.

„Das bedeutet, dass Sie sich absolut <u>keinen</u> Fehler erlauben dürfen. Verstanden?"

Lore hatte ihr Glück kaum fassen können. Sie wurde sofort eingestellt und nach all dem Leid vorher folgten Monate des Glücks.

Die Kundin konnte sich nicht entscheiden, beziehungsweise ihre Mutter war mit der Wahl der Tochter nicht einverstanden. Diese wollte ein rosafarbenes langes Ballkleid anprobieren. Die Mutter redete es ihr energisch aus und schlug ein wallendes blaues Kleid vor mit ausfallend plissierten Trompetenärmeln. Aus dem heftigen Disput entnahm Lore, dass es um einen gesellschaftlichen Ballabend ging, bei dem sich eine gute Partie für die Tochter anbahnen sollte. Diese war schon den Tränen nahe und wollte das blaue Kleid partout nicht anziehen. Gegen den Willen der Mutter zog sie schließlich das rosa Kleid an. Lore fand es zunächst für einen Ballabend auch etwas zu volkstümlich, denn es hatte etwas von einem Dirndl: die Puffärmel, das miederartige Mittelteil, der Spitzenbesatz seitlich und am unteren Rand des Kleides. Nachdem sie der jungen Dame in das Kleid geholfen hatte, trat sie wieder einen Schritt zurück und wartete innerlich gespannt auf die Reaktion der Mutter. Ihr selbst war es nicht gestattet, sich zu äußern. Nur, wenn man sie fragte. Aber Lore musste innerlich zugeben, dass das Kleid der jungen Dame doch gutstand.

„Du siehst aus wie eine Bauerngöre, die sich aufdonnern will." Diese harsche Bewertung der Mutter überraschte Lore, denn so etwas war sie von der Kundschaft in diesem Laden nicht gewohnt gewesen. Die Antwort der Tochter kam für sie daher auch überraschend:

„Was glaubst du, wie du manchmal ausschaust mit deinen wallenden Kleidern! Wie eine Schneekönigin ohne Schnee!" Sie drehte sich zum Spiegel hin und Lore, die hinter ihr stand, sah die Tränen in ihren Augen. Sie tat ihr plötzlich leid und fast unbewusst, in der Absicht sie irgendwie zu ermutigen, lächelte sie sie durch den Spiegel an.

Die junge Dame sah es, ihre Augen wurden größer und sie rief aus: „Was fällt Ihnen ein zu lächeln?! Das hier geht

Sie überhaupt nichts an! Frau Wieding, schicken Sie bitte eine andere Bedienung her!"

Lore war sprachlos. Gewohnt unauffällig begab sie sich weg von dieser Kundschaft und machte sich wieder an den Stoffregalen zu schaffen.

Kurz vor Feierabend trat Frau Wieding auf sie zu: „Fräulein Lore, ich muss Sie leider entlassen. Ich kann mir keine Verkäuferin leisten, über die sich die Kundschaft beschwert. Und ich kann es mir nicht leisten, Kundschaft wie die Feibls zu verlieren. Ich sagte Ihnen, dass Sie sich keinen Fehler erlauben dürfen. Unter diesen Umständen kann ich Ihnen auch kein Empfehlungsschreiben ausstellen."

Sagte es und ließ Lore in ihrem Elend allein. Sie durfte nichts erklären, wobei sie wusste, dass das nichts geholfen hätte. Das Taubheitsgefühl setzte wieder ein. Als sie zu Hause ankam, erinnerte sie sich überhaupt nicht mehr an den Heimweg.

***

„Ja, ich erinnere mich! Aber auf Grund einer ganz anderen Begebenheit. Wie habe ich mich später über mein Verhalten geärgert!" Emilie ging aufgeregt auf und ab und griff sich mit beiden Händen an den Kopf.

„Sie sagen, sie ist tot?" Noch lief sie umher und war sichtlich betroffen. „Weshalb habe ich mich nicht um sie gekümmert?! Als ich nach ein paar Tagen das Kleid zurückbrachte, weil meine Mutter mir keine Ruhe ließ, erfuhr ich, dass man sie entlassen hatte. Das wollte ich nicht!"

„Wovon sprichst du, meine Liebe?" – meldete sich Anton etwas irritiert über den Verlauf des Gesprächs.

„Sie spricht davon, dass ihr Verhalten zur Entlassung Lore Weinrathers aus dem Bekleidungshaus Wieding geführt hat und sich diese erneut mit Arbeitslosigkeit herumplagen musste." Johanns Worte klangen wieder emotionslos nüchtern. „Fräulein Feibl, waren Sie an dem besagten Ballabend, für den sie das Kleid kaufen wollten, erfolgreich?" – fragte Johann beiläufig.

„Was meinen Sie denn?" Emilie sah den Kommissar erstaunt an.

„Ich meine, ob sich dort für Sie eine gute Partie angebahnt hat."

„Ich weiß nicht, was Sie meinen!" Sagte es und wandte sich mit einem Gesichtsausdruck ab, der keine weitere Nachfrage dulden wollte.

„Woher wissen Sie das alles, Herr Kommissar?" Anton erhob sich von seinem Stuhl und begann selbst, während er Johann vorwurfsvoll anschaute, den Salontisch zu umlaufen. „Und was soll das Ganze? Die Frau ist tot und die Begebenheiten, die Sie ansprechen, sind zwei, drei Jahre her. Wann ist die Frau überhaupt gestorben? Und wohl nicht aus Kummer über die Entlassungen?"

„Ich werde Ihnen diese Fragen zur gegebenen Zeit beantworten", entgegnete ihm Johann nach wie vor ohne jede Regung. „Vorher aber möchte ich wissen: Haben Sie die Frau gekannt?"

Völlig überrumpelt, blieb Anton plötzlich stehen.

„Nein, habe ich mit Sicherheit nicht! Sie treiben ein gefährliches Spiel, Herr Kommissar! Das grenzt jetzt langsam an Schikane!"

„Ich versichere Ihnen, Herr Winkler, dass ich hier nur meiner Arbeit nachgehe." Johann legte seinen Mantel über einen Stuhl ab, was andeutete, dass er hier noch lange nicht fertig war, und ging auf Anton zu …

**

„Ich war schon lange nicht mehr so glücklich!" Sagte es und schmiegte sich noch enger an seinen Körper an. Sie mochte seinen Geruch, sie mochte seine Umarmung. Seitdem er sie regelmäßig in ihrer kleinen, aber geschmackvoll eingerichteten Wohnung besuchte, genoss sie ihr Zuhause. Sie mochte es zwar schon immer, wenn die Dinge um sie herum schön waren, und gab sich Mühe, sie auch so zu gestalten. Aber seine Gegenwart gab der Wohnung, was ihr vorher gefehlt hatte: Wärme.

Während der guten Anstellung im Bekleidungshaus hatte sie diese Wohnung angemietet. Die Miete stellte eine Herausforderung dar, aber sie war Sparsamkeit gewohnt und ein gemütliches Zuhause tat ihr gut. Nach der Entlassung kam erneut die Zeit der Sorgen und Ängste. Wann würde sie eine neue Arbeit finden? Wie lange konnte sie noch in ihrer Wohnung bleiben?

In ihrer Not trat sie im berüchtigten Stuwerviertel, im 2. Bezirk, nördlich des Praters, eine Stelle als Bedienung in einer Bar an. Das Rotlichtviertel war keine gute Gegend, aber die weiblichen Angestellten fühlten sich zusammengehörig wie in einer Familie und ihre Sicherheit wurde von den angestellten Männern – Barkeeper, Türsteher – gewährleistet.

Ihren Kopf hatte sie auf seine Brust gelegt. Er streichelte über ihre Haare und küsste sie auf den Hinterkopf. Seine Zärtlichkeit durchdrang jede Pore ihres Körpers und sie fragte sich, wie sie so viel Glück aushalten konnte.

Sie hatte ihn in der Bar kennengelernt. Normalerweise hielt sie nichts von den Männern, die sie Abend für Abend betätschelten, wenn sie ihnen die Getränke reichte. Sie musste das aushalten. Das war Teil ihres Jobs. Nicht vorgesehen war, sich mehr gefallen zu lassen oder gar mit einem mitzugehen. Dafür waren andere Damen zuständig. Sie waren keine Angestellte, sondern selbständig und tranken jeden Abend an der Bar oder den Tischen auf Kosten der Kundschaft.

Eines Abends kam Wilhelm mit ein paar Freunden in die Bar. Sie feierten – wie sie später erfuhr – seinen Geburtstag. Sie tranken reichlich Champagner und als Wilhelm zahlte, gab er ihr reichlich Trinkgeld mit den Worten: „Für unsere reizende Bedienung!" Lore wusste nicht, wieso er auf so ein Kompliment kam, denn sie hatte von sich selbst einen eher gegenteiligen Eindruck. Sie vermied zu viel Freundlichkeit, um nicht noch mehr belästigt zu werden. Deshalb dachte sie, es sei ironisch gemeint. Das ärgerte sie aber nicht, denn das Trinkgeld war üppig.

Am Abend darauf erschien er erneut. Allein, setzte sich in dem Teil der Bar an einen kleinen Tisch, in dem sie bediente. Lore beobachtete, wie eine der zu diesem Zweck anwesenden Damen sich zu ihm dazusetzen wollte, er aber abwinkte. Als Lore zu seinem Tisch trat, begrüßte er sie mit den Worten: „Guten Abend gnädiges Fräulein, schön Sie wiederzusehen!" Sie antwortete nicht, dankte ihm aber mit einem freundlichen Blick und nahm seine Bestellung auf. Irgendwie spürte sie bereits zu dem Zeitpunkt, dass dies eine besondere Begegnung war. Aber sie machte sich auch keine weiteren Gedanken darüber. Als er ging, gab er wieder üppig Trinkgeld. Lore wusste nicht recht, was das bedeutete, und nahm sich vor, achtsam zu sein. Vor dem Einschlafen drehten sich ihre Gedanken dennoch um diesen Mann und sie ertappte sich bei der stillen Hoffnung, er möge wiederkommen. Sie fragte sich, ob das Trinkgeld der Grund war, musste es sich aber verneinen.

Und jetzt lag er neben ihr, hielt sie zärtlich im Arm und sie fühlte sich zum ersten Mal in ihrem Leben sicher und geliebt. Er hatte es nie gesagt, aber sie spürte es. Die Liebesnacht, die sie gerade hinter sich hatten, rundete wie immer dieses Gefühl ab. Er war sehr fürsorglich. Von Anfang an hatte er daran gedacht, sicher zu verhüten. Das gefiel ihr, denn es gab ihr Sicherheit in mehrfacher Hinsicht. Es zählte vor allem, dass er an sie dachte.

„Du kannst die Kondome weglassen, wenn du willst", hatte sie ihm eines Tages nahegelegt. „Wir sind jetzt schon vier Wochen zusammen und ich hab nichts dagegen, von dir ein Kind zu bekommen." Darauf hatte er nicht geantwortet. Tage später griff er das Thema auf:

„Lilly, ich will jetzt noch kein Kind. Wir müssen erst einmal sehen, wohin unser Weg führt. Dann reden wir noch einmal darüber, ja?"

Das hatte ihr schon einen leichten Stich gegeben, denn in dieser Aussage bestätigte sich ihr Eindruck, dass ihre Beziehung noch etliche offene Fragen aufwies. Und dazu hatte sie auch selbst von Anfang an beigetragen. In der Bar hatte sie sich den Namen Lilly zugelegt und so hieß sie immer noch für Wilhelm. Mit jedem Tag, der verging, fiel es ihr schwerer, ihm reinen Wein einzuschenken. Im Gegenteil: Sie hatte sogar das Namensschild an der Eingangstüre überklebt: „Lilly Wein" hieß sie nun. Auf die Schnelle war ihr kein anderer Nachname eingefallen, als die Endung „… rather" wegzulassen.

„Was hältst du davon, wenn wir für zwei, drei Wochen ins Warme fahren? Nach Italien, zum Beispiel …" Wilhelm überraschte sie mit diesem Vorschlag und Lore war einige Sekunden sprachlos. Er erhob sich leicht, um zu sehen, was los war, aber Lore quietschte laut: „Wilhelm, das ist das Schönste, was du in diesem Augenblick sagen kannst!" Sie legte die Arme um seinen Hals, zog ihn zu sich herunter und gab ihm einen langen, leidenschaftlichen Kuss. Dabei rieb sie ihren Unterleib an den seinen und sie spürte die erwünschte Wirkung … Sie liebten sich erneut und Lore versank im Glück.

Vom Markusplatz kommend lief sie am Dogenpalast vorbei zu dem Bootsanlegeplatz am auslaufenden Canale Grande, vor dem sie links abbog. Auf der Ponte della Paglia hielt sie inne und blickte auf die Seufzerbrücke, die über dem Rio di Palazzo den Dogenpalast mit der *Prigioni Nuove*, dem „neuen Gefängnis" verband. Seit Anfang des 17. Jahrhunderts wurden auf dem Wege die Verurteilten in das Gefängnis überführt, wo sie entweder in den Bleikammern verrotteten oder hingerichtet wurden.

Lore hatte dies im Reiseführer gelesen und der Gedanke an die Gefühle der Gefangenen, die über diese von weißem Stein umfassten Brücke ihrem Verderben entgegengingen, ließ sie schon beim Lesen erschauern.

Ein berühmter Gefangener war seiner Zeit Casanova gewesen, der Frauenheld, der unermüdliche Liebhaber. Lore überlegte, ob er die Gefangenschaft verdient hatte, wiewohl sie gelesen hatte, dass der wahre Grund für seine Verhaftung unklar geblieben sei. Man vermutete auch, dass eine der von ihm beglückten Frauen aus höheren Kreisen ihm zur Flucht aus den berüchtigten Bleikammern durch entsprechende Schmiergelder verholfen hat.

„Ob Wilhelm jemals ein solches Schicksal verdienen würde? Seufzend über diese Brücke zu gehen, nicht wissend, ob er jemals wieder freikommt?" Lore erschrak innerlich bei diesem Gedanken. Sie erschrak vor allem, weil sie einen Zusammenhang zwischen Wilhelm und Casanova hergestellt hatte. Sie hatte ja keinen Grund dazu! Aber etwas hatte ihr Unterbewusstsein dazu gebracht!

Sie riss sich zusammen und erkannte, dass die einsamen fünf Tage, die sie nun bereits in Venedig verbracht hatte, sie in eine melancholische, ja sogar traurige Stimmung versetzt hatten. So hatte sie sich den Aufenthalt in Venedig nicht vorgestellt! Sie hatte sich auf drei Wochen mit Wilhelm gefreut. Nach zwei Tagen verkündete er ihr aber, dass ihn Geschäfte zurück nach Wien riefen. Er würde aber, sobald er könne, wiederkommen. Das Zimmer im vornehmen „The St. Regis Venice" hatte er im Voraus bezahlt, so wie er alles, was sie brauchte, seitdem sie sich kannten, bezahlt hatte.

„Ich möchte nicht, dass du weiterhin in dieser Bar arbeitest", hatte er schon wenige Tage nach ihrer Bekanntschaft zu ihr gesagt.

„Ich muss aber von etwas leben", hatte sie besorgt zurückgegeben, woraufhin er ihr versicherte, für alle Kosten aufzukommen. Sie würde keine Geldsorgen mehr haben. Am Anfang fühlte sie sich nicht sehr wohl dabei, aber mit der Zeit nahm sie es auch innerlich an. Sie führte es auf seine Liebe zu ihr zurück. Weiter dachte sie nicht mehr darüber nach.

Eines Tages stellte Lore ihm eine Frage, die einiges veränderte: „Wilhelm, weshalb gehen wir nicht auch mal in die Oper oder ins Theater? Mir würde das sehr gefallen! Du führst mich immer nur in Gaststätten in den Außenbezirken Wiens aus."

Seine Antwort zerstörte gewisse Träume, denen sie nachhing: „Lilly, wie du ja bemerkt hast, gehöre ich zu einer wohlhabenden Familie hier in Wien und muss vorsichtig sein. In unseren Kreisen kann man sich seine Partnerin nicht einfach nach dem eigenen Gusto aussuchen! Ich muss deshalb sehr aufpassen. Bitte hab Geduld mit mir!"

„Darf ich dich deshalb nie anrufen? Ich weiß sonst gar nichts von dir. Weder wo du wohnst, noch wie du mit Nachnamen heißt."

„Es ist besser so, glaub mir!" Er hatte sie dabei in den Arm genommen und zärtlich geküsst. Für Lore war das schon sehr viel. Materielle Sicherheit und ein zärtlicher Liebhaber, der nie im Entferntesten grob zu ihr war. Sie hatte sich vorgenommen, ihm zu vertrauen und geduldig zu sein. Das genügte, um jeden Tag glücklich aufzuwachen. Wilhelm verbrachte ja fast jede Nacht bei ihr.

Sie wandte sich von der Seufzerbrücke ab und wollte weiter in Richtung Osten gehen, als ein Mann sie höflich ansprach. Sie sah, dass er einer dieser Fotografen war, die den Touristen hinterherjagten mit dem Versprechen, unvergessliche Erinnerungen festzuhalten. Sie wollte ihn schon abwehren, aber dann dachte sie, sie könne ja das Foto ihrem Wilhelm schenken. So willigte sie ein und auf seine Aufforderung hin lächelte sie freundlich, spürte aber dabei, dass es ihr nicht leichtfiel.

Wenige Schritte jenseits der Ponte della Paglia setzte sie sich auf eine Bank am Ufer mit Blick auf die Gondeln, die, am Ufer festgemacht, vor ihr hin und her plätscherten. Es war etwas diesig und nur schwer erkannte sie die weiter entfernten Ufer der Insel San Giorgio und weiter rechts von Giudecca. Mit Wilhelm hatte sie die Hauptinsel ausgehend von ihrem Hotel in immer größeren Bögen zu Fuß erschlossen. Am Markusplatz tranken sie in einem der ehrwürdigen Cafés einen Cappuccino, aßen Tiramisu und lauschten dem kleinen Orchester hinter ihnen, das dezent bekannte italienische Arien spielte. Mit dem Vaporetto waren sie abends zur Haltestelle Accademia gefahren, wo sie in einer der Gassen gleich hinter der Anlegestelle in einem romantischen Lokal direkt am Rio de San Vio, der im Norden in den Kanal mündete, zu Abend aßen.

„Das werde ich nie vergessen, Wilhelm!" – hatte sie ihm auf dem Nachhauseweg ins Ohr geflüstert. In der darauffolgenden Liebesnacht gab sie alles, nicht um ihm zu gefallen. Sie wusste, das war nicht nötig – sondern um ihn zu belohnen.

Sie hatten noch so viel vorgehabt! Wilhelm hatte einen Plan darüber erstellt, was sie Tag für Tag besichtigen wollten. Die Glasbläserinsel Murano, dann Burano, die sie nach seinen Worten mit den kunstvollen Stickereien und Broderien begeistern würde. Sehnsüchtig blickte sie nach rechts, wo sich gegenüber, am südlichen Ende des auslaufenden Canale Grande, die majestätische Basilica di Santa Maria della Salute erhob, die sie eigentlich am Tag nach seiner Abreise besichtigen wollten. Sie erkannte mehrere Paare, die auf den Stufen, die sich von der Kirche zum Kanal hin senkten, saßen, zum Teil eng umschlungen, verliebt. Eine tiefe Traurigkeit überfiel sie und sie stellte fest, dass ihr ohne Wilhelm diese schönen Sehenswürdigkeiten nichts bedeuteten. Der diesige Tag trug auch nicht besonders zu einer guten Stimmung bei und so saß sie nur da und schaute schließlich mit leerem Blick in die Ferne.

Wieder zu Hause angelangt, verkroch sie sich in ihrem Bett und weinte. Sie hatte sich nach zehn Tagen entschieden, aus Venedig wieder abzureisen. Jeden Tag hatte sie auf Post oder irgendeine Nachricht von Wilhelm gehofft, aber es kam nichts. Wäre sie in Wien gewesen, hätte sie nach ihm suchen können, auch wenn sie nicht gewusst hätte wo, aber sie hätte sich nicht so hilflos gefühlt. Sie dachte auch daran, dass ihm etwas zugestoßen sein könnte. Die Sorge um ihren Wilhelm, aber vor allem der Schmerz über das langsam aufkommende Gefühl, so vernachlässigt zu werden, nagten besonders an ihr.

Acht Monate war sie glücklich gewesen und Lores Zukunftspläne waren lange von Glück und Zuversicht geprägt. In letzter Zeit hatte allerdings immer stärker Hoffnung statt Zuversicht diese Pläne bestimmt.

Im Augenblick empfand sie weder Glück noch Hoffnung. In ihrem Inneren spürte sie deutlich: Sie würde Wilhelm nicht wiedersehen. Aber warum?! Was war geschehen?! Sie hatte keinen einzigen Anhaltspunkt!

Am nächsten Morgen hatte sie kaum Kraft aufzustehen. Sie hatte auf der Heimreise nichts gegessen. Sie hatte keinen Hunger. So wie sie die Tage vor ihrer Abreise auch nichts hinunterbrachte. „Kein Wunder, dass ich so schwach bin", dachte sie und schaute sich doch in der Küche nach etwas Essbarem um. Sie fand aber nichts und entschied sich, im Café an der Straßenecke zu frühstücken. Sie zählte nochmal ihr Geld nach und musste feststellen, dass sie nicht mehr viel besaß. Für die Zugfahrt nach Hause hatte sie fast alles, was ihr Wilhelm hinterlassen hatte, ausgegeben. Zusammen mit den Scheinen, die sie in den letzten Monaten in der leeren Mehldose beiseitegelegt hatte, rechnete sie sich aus, konnte sie noch ein paar Wochen über die Runden kommen. Aber um ihre hohe Miete bezahlen zu können, musste sie sich schleunigst wieder Arbeit suchen.

Nach einem großen Braunen und einem Croissant mit Butter und Marmelade fühlte sie sich sofort besser. Dadurch, dass sie wieder in Wien war, überwältigte sie der Trennungsschmerz nicht ganz so stark wie in Venedig, wo sie sich dazu noch fremd fühlte. Außerdem beschäftigten sie ab sofort auch praktische Gedanken, wie zum Beispiel die finanziellen Mittel, die sie noch zur Verfügung hatte. Bisher kam von Wilhelm mit genauer Regelmäßigkeit per Post wöchentlich ein guter Geldbetrag, der ihr ein angenehmes Auskommen ermöglichte, ohne dass sie deshalb im Überfluss lebte. Dennoch, so viel hätte sie von ihm überhaupt nicht erwartet.

Als sie am Abend zuvor den Briefkasten öffnete, hörte sie ihr Herz bis zum Hals klopfen. Sie hoffte auf Post von Wilhelm. Aber … nichts da! An Geld hatte sie gar nicht gedacht, sondern hoffte auf die Nachricht, die alles erklären würde. Aber so hatte sie nicht einmal mehr die Kraft, enttäuscht zu sein. Sie stellte natürlich fest, dass das wöchentliche Geld auch nicht im Briefkasten war.

Heute gab ihr dieses sichere Gefühl der Endgültigkeit eine gewisse Erleichterung. In gewisser Hinsicht herrschte Klarheit. Wilhelm hatte sie verlassen. Über das Warum und Wie wollte sie sich keine Gedanken mehr machen.

Sie griff sich eine der bereitliegenden Tageszeitungen, den *Kurier,* und blätterte darin. Die Gesellschaftsseiten überblätterte sie, sie wollte sich die Stellenanzeigen anschauen. Nicht, dass sie sich große Hoffnungen machte. In der Regel gab es für Frauen nicht viel Auswahl. Plötzlich stutzte sie. Die Gesellschaftsseiten waren schon überblättert, aber Lore blätterte hastig zurück. Ein Bild war beim ersten Durchblättern unbewusst hängengeblieben! Sie sah es sich genau an … Das war Wilhelm! Ein kurzer Artikel umgab das Foto, auf dem Wilhelm allerdings nicht allein abgebildet war. Der Artikel besagte, dass die zwei großen Färberei-Fabrikanten der Stadt eine wichtige Liaison planten: Die Verlobung des Fabrikantensohns Anton Winkler mit der Fabrikantentochter Emilie Feibl!

Lore überkam das Gefühl der Schwäche, das sie vor dem Frühstück hatte, erneut. Sie betrachtete das Foto genau. Es bestand kein Zweifel! Das war Wilhelm! Sein offenes Lachen, die tadellosen weißen Zähne, die elegante Erscheinung! Und die junge Frau kannte sie auch … Unvergessen … Ein vertrautes Taubheitsgefühl erfasste sie … Eine Welt brach zusammen …

***

Die Türe zum Salon öffnete sich und die Hausherrin trat ein. Sie trug mehrere Blätter bei sich und war gerade dabei, ein Blatt nach dem anderen in die andere Hand zu nehmen, wobei sie die Blätter überflog. So bemerkte sie nicht gleich, was in dem Zimmer vorging. Als sie aufblickte, entfuhr es ihr: „Huh, was ist hier los?"

Ihr Erstaunen wandelte sich aber schnell in eine herausfordernde Haltung um: Mit großen Augen sah sie den Fremden an und fragte: „Wer sind Sie denn, bitte?"

„Wenn ich mich vorstellen darf: Mein Name ist Johann Maurer und ich bin Kriminalkommissar." Er erwiderte Frau Feibls Blick, indem er sie direkt ansah und anschließend eine leichte Verbeugung vornahm. Da es sich nicht um ein gesellschaftliches Treffen handelte, war es nicht angebracht, auf die „Küss-die-Hand Formel" zurückzugreifen.

„Kriminalkommissar?" – gab sie dann doch erstaunt zurück. „Was ist denn passiert? Geht ein Mörder hier in der Gegend um?"

„Nein, nichts dergleichen, verehrte Frau Dr. Feibl. Aber manchmal gibt es Verbrechen, die einem Mord gleichzusetzen sind und so eins möchte ich aufklären." Johann richtete diese Worte an die Hausherrin, blickte aber danach jede/n einzelne/n Anwesende/n im Raum der Reihe nach an.

„Aha, da bin ich jetzt aber gespannt!" – meldete sich Dr. Feibl zu Wort. „Zum ersten Mal rücken Sie mit dem Zweck Ihres Besuches raus! Sie sind also der Meinung, dass der Rausschmiss dieser Person aus meiner Firma einem Mord gleichzusetzen sei?"

„Das habe ich nicht gesagt, Herr Dr. Feibl. Ich habe lediglich Ihrer Frau Gemahlin die Furcht vor einem Mörder nehmen wollen. Ich sagte schon: den Zweck meines Besuches werde ich Ihnen später erläutern. Bin mit meinen Befragungen noch nicht am Ende." Johann blieb weiterhin ruhig und ließ keine emotionale Rührung erkennen.

„Kann mich jemand hier bitte aufklären? Von welchem Rausschmiss ist hier die Rede? Und im Übrigen, Herr Kommissar. Ich besitze keinen Doktortitel und lege deshalb keinen Wert auf diese Anrede, nur weil mein Mann vor Jahren Goethes Farbenlehre abgeschrieben und sie als seine Doktorarbeit ausgegeben hat."

„Aber Hilde, wie kannst du so etwas sagen?!" – entrüstete sich Dr. Feibl umgehend. „Du hast doch keine Ahnung, worum es in meiner Doktorarbeit ging!"

„Eben", war Frau Feibls kurze Erwiderung und wandte sich wieder dem Kommissar zu. „Um was für einen Rausschmiss handelt es sich denn?"

„Vor drei Jahren hat Ihr Gemahl eine Arbeiterin entlassen, weil sie verbesserte Arbeitsbedingungen gefordert hat. Kennen Sie den Fall? Kennen Sie diese Frau?" Johann beobachtete Frau Feibl. Mit ihrer Überraschung rechnete er durchaus. Sie schaute sich in der Tat mit einem demonstrativen Ausdruck des Erstaunens um, streckte die Arme schräg aus, um dies zu betonen, und erwiderte lachend: „Na und? Wir entlassen laufend Arbeiter. Das ist doch nichts Besonderes!"

Dr. Feibl zuckte etwas, als er das Wort „Wir" hörte, denn mit seiner Firma hatte seine Frau überhaupt nichts am Hut. Im Gegenteil, sie befasste sich eher damit, ihm Gelder für die Finanzierung des Wohlfahrtsprojekts „Frauen in Not" abzuringen. Solche Projekte waren seit einiger Zeit groß in Mode gekommen und sogar seine Tochter machte seit kurzem mit. Andererseits war es höchst ungewöhnlich, dass sie ihn in irgendeiner Sache verteidigte, und so verzieh er ihr in Gedanken das übergriffige „Wir".

„Ich bitte Sie, Herr Kommissar, wenn sich diese Arbeiterin beschwert hat, dann ist es doch nicht Sache der Kriminalpolizei, oder?" Frau Feibl sah sich erneut um, wie jemand, die eine Selbstverständlichkeit sagt und deshalb von allen Anwesenden Zustimmung heischt.

Johann beeilte sich mit seiner Erwiderung: „Fräulein Weinrather ist tot." Dabei beobachtete er sie genau. Alle anderen im Raum reagierten nicht und blickten einfach vor sich hin. Frau Feibl bemerkte das und fragte verwundert in die Runde: „Noch einmal, was ist hier los?" Sie sah auf die Blätter, die sie in der Hand hielt, streckte sie in

Richtung des Kommissars aus und bemühte sich, ungehalten zu wirken: „Herr Kommissar, ich bin gerade mit der Sitzordnung der Eingeladenen beschäftigt! Können Sie uns nicht sagen, was genau Sie von uns wollen?"

„Das werde ich, Frau Feibl, das werde ich. Vorher aber möchte ich Herrn Winkler dieses Foto zeigen: „Herr Winkler, kennen Sie diese Frau?" Johann hielt Fräulein Feibls zukünftigem Verlobten das Foto, das bei Vater und Tochter schon die Runde gemacht hatte, unter die Nase, gab es aber wie gehabt nicht aus der Hand. Anton betrachtete es etwas unwillig, wobei er eine gewisse Neugierde nach all dem bisher zutage Getretenen auch nicht verbergen konnte. Er wollte seinen Kopf schon wieder zurückziehen, stutzte aber plötzlich und trat nochmal an das Foto heran. Reflexartig wollte er nach dem Foto greifen, aber der Kommissar ließ es nicht zu.

„Moment mal! Woher haben Sie dieses Foto?" – fragte er ungläubig. Er betrachtete es lange und blickte dann recht verstört zum Kommissar hoch: „Das ist Lilly ... in Venedig ... im Hintergrund die Seufzerbrücke ..."

„Das ist Lore Weinrather." Johann sagte es nicht, um ihn zu verbessern, sondern wie bisher bei allen seinen Bemerkungen pragmatisch, emotionslos.

„Nein, nein, ich kenne keine Lore Weinrather! Ihr Name ist Lilly Wein!" Er blickte sich im Raum um wie jemand, der von den Anderen Hilfe erwartet, obwohl er wusste, dass dies nicht möglich war. Langsam spürte er, wie sich seine Eingeweide im Bauch verkrampften und mit ausdruckslosem Blick wandte er sich erneut an den Kommissar: „Ist sie tot?"

„Ich sagte es, Lore Weinrather ist tot."

„Wie ist sie denn gestorben?" Zum ersten Mal fragte jemand in der Runde danach, wie sie gestorben war. In gewisser Hinsicht überraschte es Johann, dass es ausgerechnet Anton war. Nach all dem, was er aus dem Tagebuch wusste, hatte er ihn als besonders skrupellos eingeschätzt.

„Auch das kann ich Ihnen erst später sagen," gab Johann ruhig zur Antwort.

„Das wollte ich nicht, wollte ich wirklich nicht." Anton ging mit gesenktem Blick hin und her, als würde er über alles nachdenken.

„Heißt das, du fühlst dich für ihren Tod verantwortlich, Anton?" Emilie hatte etwas in ihrer Stimmlage, das gefährlich klang, als würde ein Gewitter folgen.

„Nein nein, es tut mir nur leid, dass sie tot ist." Unabhängig von dieser Antwort schauten ihn die Feibls an, als würde er gerade dabei sein, sich in Kafkas Käfer zu verwandeln. Dr. Feibls Blick drückte grenzenlose Überraschung aus, Frau Feibl wandte sich mit Abscheu von ihm ab und Emilie glühte vor Wut.

„Wann warst du denn mit … Lilly … zusammen, mein Lieber?" Emilies Frage klang harmlos, aber ihre Stimme und ihre Augen verrieten das Gegenteil.

Anton schaute zu ihr auf und es schien Johann, dass dieser noch nicht erkannte, was ihm blühte. „Das war letztes Jahr …" Er wirkte immer noch verstört und nicht ganz bei der Sache.

„Wie lange warst du mit ihr zusammen?" Emilies Stimme bebte bereits …

„Ungefähr acht Monate." Anton antwortete wie in Trance, als würde er sich die Antworten selbst geben.

„Hat sie diese … Affäre beendet oder du?"

„Ich war das."

„Und wann war das?"

„Im September."

„Und wann haben wir uns, heimlich, die Verlobung versprochen … Anton?" Johann war klar, dass Emilies Befragung einen bestimmten Zweck verfolgte.

„Das war im Mai letzten Jahres." Dieses Mal war seine Antwort klar und Johann sah, dass Anton seine Situation langsam bewusst wurde.

„Ja, im Mai, ‚dem Wonnemonat' … das waren deine Worte bei unserem ersten Kuss!" Emilie rief es und rannte tränenüberströmt aus dem Salon.

Die Betroffenheit der Anderen hielt lange an.

„Unter diesen Umständen ist es klar, dass wir die vorgesehene Verlobung absagen müssen, Herr Winkler!" Frau Feibl fand zu ihrer überlegenen Haltung zurück, während Dr. Feibl krampfhaft überlegte, wie man die Situation noch retten könnte. Seine Tochter lag ihm schon am Herzen, aber noch mehr seine Firma. Sollte die Verlobung platzen, müsste er sich Sorgen um die Zukunft machen. Die Liaison hätte ihm all die Angst genommen. Dachte er zumindest.

„Kann ich verstehen", gab Anton ruhig zurück. Er setzte sich hin und zündete sich eine weitere Zigarette an.

„Moment mal!" – brauste Dr. Feibl auf. „Sie haben uns Dreien das Foto dieser Frau gezeigt, es aber nie aus der Hand gegeben und immer wieder eingesteckt. Woher wissen wir, dass es sich um ein und dieselbe Frau handelt?" Er ging auf Johann zu und baute sich zum zweiten Mal vor ihm auf, was dieses Mal genauso lächerlich wirkte.

„Das finde ich in der Tat auch seltsam", wandte Frau Feibl ebenfalls ein. „Können Sie hier Klarheit schaffen, Herr Kommissar?"

„Das werde ich bald, gnädige Frau", gab Johann schnell zur Antwort. „Ich versichere Ihnen, dass es sich um ein und dieselbe Frau handelt in all den bisher angesprochenen Fällen. Wir sind aber mit der Aufarbeitung des Schicksals der jungen Frau noch nicht fertig und deshalb möchte ich mit ihrer Geschichte fortfahren." Er ging zum großen Mahagonitisch und setzte sich auf einen der eleganten Stühle. Sich auf beide Unterarme aufstützend wartete er darauf, ohne eine diesbezügliche Aufforderung, dass sich die beiden auch hinsetzten. Anton Winkler saß schon und rauchte seine Zigarette. Johann beobachtete Frau Feibl ganz genau ...

***

Tagelang lag sie wie gelähmt in ihrem Bett und konnte nicht einordnen, was sie aus dem *Kurier* erfahren hatte. Wie kann man so zärtlich zu einer Frau sein und sich gleichzeitig einer anderen versprechen? Lore wälzte sich ständig hin und her und fand keine Antwort auf diese quälende Frage. Seit geraumer Zeit knurrte der Magen nicht mehr, mehr noch, sie hatte langsam das Gefühl, sie würde sich von ihrem Körper lösen. Ihr Geist verstand immer mehr, während ihr Körper zurückblieb. Als würde sie ihn nicht mehr brauchen wollen. Zeitweilig fand sie es gut, den Körper nicht mehr zu brauchen und ein Gefühl der Erleichterung setzte ein bei dem Gedanken, ihn nicht mehr ernähren zu müssen.

Die Stunden, in denen sie Schlaf finden konnte, mehrten sich und bald konnte sie nicht mehr einschätzen, wie lange sie gerade geschlafen hatte.

Eines Tages, kurz nachdem sie aufgewacht war, schrillten in ihrem Geiste alle Glocken. Sie hob ihren schwachen Kopf, weil sie wirklich dachte, es hätten Glocken geläutet. War es Totengeläut? Plötzlich konnte sie klar denken: „Nein, das durfte sie nicht zulassen! Es ihm so einfach machen! Einfach dahinsterben!" Trotz rüttelte sie auf. Sie würde ihren Körper wieder annehmen müssen. Diesen Körper, der von Wilhelm … Anton … so missbraucht wurde. Ihre missbrauchten Gefühle hatten sie unsäglich geschmerzt. Aber plötzlich war dieser Schmerz weg. Was übrig blieb, war Verachtung. Verachtung nicht nur für Anton, sondern für alles, was ihr Leben so erschwerte. Sie musste ihren Körper wieder akzeptieren! Sie würde sich nicht unterkriegen lassen!

Lore richtete sich mühsam in ihrem Bett auf und stützte sich dabei mit beiden Armen seitlich ab, damit die Schwäche sie nicht wieder umwarf. Langsamen Schrittes, die Füße über den Boden schleifend und sich an verschiedenen Möbeln festhaltend, ging sie in die Küche. Sie schenkte sich ein Glas Wasser ein und trank es vorsichtig. Ihre Kehle war trocken und das Wasser kratzte schmerzhaft, als sie es hinunterschluckte. Sie wusste, sie müsste dringend etwas essen, auch wenn sie keinen Hunger verspürte.

Es widerstrebte ihr, wieder in das Café an der Straßenecke zu gehen, aber es blieb ihr nichts anderes übrig. Taumelnd schleppte sie sich hin und beachtete die abschätzigen Blicke der Vorbeigehenden nicht. Sie bestellte erneut einen Braunen und ein Croissant, was für den Augenblick vollkommen ausreichte. Mehr hätte sie ohnehin nicht hinuntergebracht.

Lore bemühte sich krampfhaft, nicht in Richtung des *Kuriers* zu blicken. Sie redete sich ein, dass er vielleicht gerade von einem anderen Gast gelesen wird und dadurch ohnehin nicht verfügbar sei. Am Nebentisch saß ein junges Pärchen, das sich liebevoll die Stückchen Sachertorte gegenseitig in den Mund schob. Lore beobachtete die beiden emotionslos und wandte sich nach einigen wenigen Sekunden wieder ab. Sie konnte deren Anblick nicht ertragen.

„Lilly, das ist aber eine Überraschung! Lange nicht gesehen! Wie geht es dir? Siehst nicht gerade gut aus, wenn ich das sagen darf. Bist du krank?" Toni, Inhaber und zugleich Barmann im „Pratergruß" freute sich offenbar aufrichtig, Lore wiederzusehen, nahm aber wie üblich auch kein Blatt vor den Mund, wenn er etwas zu sagen hatte.

„Danke für dein Kompliment, lieber Toni! Charmant wie immer. Bin nur etwas müde, mach dir keine Sorgen um mich." Sie setzte sich an die Bar und wusste dabei, dass es eine heikle Situation war, denn normalerweise saßen nur gewisse Damen, die „beruflich" unterwegs waren, alleine an der Bar. Ansonsten gab es kaum Frauen unter den Gästen und schon gar nicht ohne männliche Begleitung.

„Sag mal, was führt dich hierher? Als du – wie lange ist es schon her, zehn Monate? – deine Stelle aufgabst, warst du guter Dinge. Sieht nicht so aus, als habe dieser Zustand lange gehalten, oder?" Toni sah sie ernst an, während er ihr einen Cognac einschenkte.

„Eine Zeitlang ging es mir gut …" Lore blickte nachdenklich ihr Glas an und hielt inne. Sie sah Toni ebenfalls ernst an und fragte unvermittelt: „Kannst du mich wieder brauchen?"

Toni wischte mit einem feuchten Lappen über den Tresen. Noch waren nicht viele Gäste in der Bar und die Damen, die den Tresen üblicherweise bevölkerten, würden erst später erscheinen. Die Antwort schien ihm nicht leicht zu fallen. Lore dachte daran, wie er ihr häufig aus den „Zusatzeinnahmen" – so nannte Toni den Prozentsatz, den die professionellen Damen von ihren Einkünften abgeben mussten – Geld zusteckte. Sie wusste, er war sehr zufrieden mit ihr gewesen. Gerade weil sie sich so deutlich von den Professionellen abhob. Es gab auch Gäste, die nur ordentlich bedient werden wollten. Gelegentlich waren es Junggesellen- oder Firmentreffen.

„Wann willst du anfangen?" Toni sah sie nicht an, wischte weiter und lächelte vor sich hin.

„Sofort?" – antwortete Lore und Toni blickte dann doch überrascht zu ihr hoch.

„Morgen", gab er freundlich aber bestimmt zurück. „Und schau, dass du dich ausschläfst, ja?"

***

„Guten Abend, Schwesterherz!"

„Philipp …" Emilie sah ihren Bruder mit großen Augen an, mehr konnte sie nicht sagen. Ihre Augen waren rotverweint und sie saß zusammengekauert auf einem Sessel im Salonvorraum.

„Was ist denn los?" – fragte Philipp, der etwas mehr Freude erwartet hatte bei seinem Anblick. Er war extra aus London angereist und dachte, dass seine Schwester auf Grund dieser Überraschung Freudensprünge machen würde. „Hast du geweint? Am Vorabend deiner Verlobung? Was ist denn geschehen? Will dich Anton nicht mehr?"

„Ich will ihn nicht mehr!" – gab Emilie mit Trotz in der Stimme zurück.

„Wieso denn das?" Philipps Stimme drückte in der Tat große Verwunderung aus. Obwohl ihn das Wirtschaftsstudium sehr forderte, vor allem wegen der englischen Sprache, in der er sich immer noch nicht gut zurechtfand, hatte er sich entschlossen, zur Verlobung seiner Schwester zu kommen, die er liebte und mit seiner Anwesenheit ehren wollte.

„Er hat zugegeben, letztes Jahr, als ich dachte, wir hätten uns ineinander verliebt, eine Affäre mit einer Kellnerin gehabt zu haben. Danach hat er sie schändlich sitzenlassen. Zu allem Überfluss ist diese Frau nun tot und ein

Kriminalkommissar ist gerade im Salon und befragt uns alle, als wären wir schuld daran."

„Was heißt hier *uns alle*"? Philipp sah sie verwundert an. „Was hast du oder unsere Eltern damit zu tun?"

„Es hat sich offenbar herausgestellt, dass sowohl Vater als auch ich zufällig derselben Frau in der Vergangenheit Unrecht getan haben, jedenfalls stellt es der Kommissar so dar.

Philipp sah sie nun eher ungläubig an. Anton hatte eine Affäre mit einer Frau gehabt, die auch seiner Schwester und seinem Vater bekannt war! Darauf konnte er sich keinen Reim bilden!

„Sind sie im Salon?" – fragte er und bewegte sich bereits in die Richtung.

„Ja … warte, ich gehe mit." Mühevoll, als sei sie ganz erschöpft, erhob sich Emilie vom Sessel und begleitete Philipp in den Salon.

Als sie eintraten, war der Kommissar offensichtlich gerade dabei, den Anwesenden etwas zu berichten. Philipp schloss das daraus, dass ihn die anderen aufmerksam anschauten.

Frau Feibl sah ihren Sohn eintreten und ein leiser Schrei entfuhr ihr, wobei sie sofort eine Hand vor den Mund schlug. Dem Kommissar blieb das nicht verborgen. Er stand auf und stellte sich höflich vor:

„Guten Abend. Mein Name ist Johann Maurer, ich bin Kriminalkommissar. Mit wem habe ich die Ehre?"

„Philipp Feibl. Darf ich fragen, was hier los ist?"

„Sie dürfen", antwortete Johann, ohne sich anmerken zu lassen, dass ihn die fehlende Höflichkeit des jungen Mannes etwas ärgerte. Er entschloss sich, ihm keine weitere Erklärung zu geben, sondern mit dem Bericht, bei dem er unterbrochen wurde, fortzufahren.

„Wenn Sie nichts dagegen haben, junger Mann, möchte ich damit, wobei ich gerade unterbrochen wurde, fortfahren."

„Moment mal!" – gab Philipp entrüstet zurück. „Freut sich denn keiner, dass ich gekommen bin? Mutter, Vater, was ist denn los mit euch?"

„Ja, mein Sohn", ergriff Dr. Feibl das Wort, „es ist schön, dass du gekommen bist, aber leider haben wir im Augenblick keinen Anlass, in Feierstimmung zu sein. Entschuldige bitte, dass wir dein Kommen nicht freudiger begrüßen."

„Emilie hat mir schon von Antons Fehltritt berichtet". Er sah Anton kühl an und wandte sich sofort wieder dem Kommissar zu: „Dennoch möchte ich wissen, was *er* von uns will!" Philipp war die Retourkutsche des Kommissars nicht verborgen geblieben und gab ihm das mit einer erneuten Unhöflichkeit zu verstehen.

„Wenn Sie sich bitte auch zu uns dazusetzen, dann werden Sie schon erfahren, worum es hier geht", antwortete Johann nach wie vor sachlich, emotionslos. Mit Blicken gab er Emilie zu verstehen, dass sie auch gemeint war.

Lore saß im Warteraum der Engelmacherin und gab sich den trübsinnigen Gedanken hin, die sie, seitdem der letzte Schlamassel entstanden war, nicht mehr losließen.

Ihr Leben hatte sich langsam wieder in geordnete Bahnen begeben, ohne dass sie zunächst besonders zufrieden gewesen wäre. Zu sehr nagte noch das Erlebnis mit Wilhelm an ihrer Seele. In ihren Gedanken war er stets Wilhelm, an den Namen Anton konnte und wollte sie sich nicht gewöhnen. Ab und zu konnte sie es nicht lassen und entdeckte dann doch auf den Gesellschaftsseiten des *Kuriers* kurze Berichte über das Paar Anton Winkler und Emilie Feibl.

Mittlerweile berührte sie das aber nicht mehr sonderlich. Ein neues Kapitel hatte sich in ihrem Leben aufgetan und erneut grausam geendet.

Sie saß da und fragte sich, was das Schicksal ihr damit sagen wollte? Wo sollte das hinführen?

Im Augenblick jedenfalls schien ein Schlusspunkt gesetzt. Aber Lore wollte das innerlich nicht hinnehmen. Das kann doch nicht alles gewesen sein! Man konnte sie doch nicht einfach so abschütteln! Innerlich, gedanklich widersetzte sie sich diesem Schicksal. Sie wusste nur nicht, woher sie die Kraft zum Kämpfen nehmen sollte. Ein Hauch von Hoffnungslosigkeit überkam sie. Sie blickte auf und betrachtete die drei Frauen, die ebenfalls warteten. Ob sie mit ihrem Schicksal auch haderten?

Als sie vor das dreiköpfige Gremium der wohltätigen Stiftung „Hilfe für Frauen in Not" getreten war, war sie am Rande der Verzweiflung. Sie fühlte sich schwach und antwortete auf die Fragen der drei Frauen mit kaum hörbarer Stimme.

„Lauter bitte!" – ermahnte sie die Dame in der Mitte, die offenbar den Vorsitz hatte. „Das ist ein wichtiger Augenblick für Sie, und wenn wir Sie nicht verstehen, können wir auch nicht sachgerecht entscheiden. Also, noch einmal, wie lautet Ihr Name?"

„Lore Weinrather", gab sie zwar etwas lauter aber immer noch schüchtern zur Antwort.

„Und was führt Sie zu uns?" – fragte dieselbe Frau in geschäftlichem Ton.

Lore empfand das als abweisend und verlor kurzzeitig den gedanklichen Faden. Sie musste sich erneut besinnen und antwortete: „Ich bin in eine ernsthafte Notlage gekommen. Habe meine Arbeit verloren und kann meine Wohnung nicht mehr bezahlen. In drei Tagen muss ich ausziehen und ich weiß nicht wohin."

„Weshalb haben Sie die Arbeit verloren?" – fragte eine weitere Dame in einem wesentlich freundlicheren Ton.

„Vor dieser Frage habe ich mich gefürchtet", gab sie mit einer erneut sehr leisen Stimme zur Antwort.

„Wie bitte?" Dieses Mal klang die Frage strenger.

Lore riss sich zusammen und antwortete nur bedingt etwas lauter: „Weil ich schwanger geworden bin."

Die drei Damen sahen sich verblüfft an und die Dritte von ihnen sagte verwundert: „Aber das ist doch kein Grund, Sie zu entlassen! Sie sind doch als werdende Mutter arbeitsrechtlich geschützt! Sie müssen zu einem Anwalt gehen. Wir sind nicht befugt, Ihnen in Rechtsfragen zu helfen."

„Ich möchte keine Rechtshilfe, ich bitte einfach um Hilfe." Lores leise Stimme drückte Ungeduld aus.

„Bevor wir entscheiden können, ob und wie wir Ihnen helfen können, müssen Sie Ihre rechtliche Situation klären", warf die Vorsitzende ein.

„Ich habe kein Geld für einen Anwalt, kann nicht einmal meine Miete zahlen", entgegnete Lore immer noch schüchtern. Der Weg hierher, vor dieses Gremium, hatte sie Überwindung gekostet. Die Rolle als Bittstellerin war ihr noch nie gelegen. Normalerweise kämpfte sie für ihr Recht. Hier gab es aber nichts zu kämpfen. Sie sah sogar ein, dass Toni sie nicht weiter beschäftigen konnte. Sie hatte ihm ehrlicherweise gesagt, dass sie schwanger sei. Toni entließ sie sofort. Eine Abmachung in ihrem mündlichen Arbeitsvertrag war, nicht schwanger zu werden. Dass er sie aber sofort entließ, hatte sie dann schon überrascht. Es wären ja ein paar Monate vergangen, bevor man ihren Zustand erkannt hätte. Dennoch war sie Toni nicht böse gewesen. Es war ihr bewusst, wie hart das Geschäft im Rotlichtviertel war. Im Grunde war sie ihm dankbar, dass er sie noch einmal eingestellt hatte.

Außerdem hatte sie gehofft, dass ihr Liebster Verantwortung übernehmen würde. Er hatte aber wie Toni reagiert. Obwohl sie keinen diesbezüglichen Vertrag hatten. Als sie erklärte, sie sei schwanger, wurde sie von seiner Reaktion böse überrascht. Er sei noch nicht so weit, zu jung dazu, er müsse sich das Ganze durch den Kopf gehen lassen. Seitdem ward er nicht mehr gesehen. Sie rief natürlich bei ihm an, was vorher nicht üblich war, da er bis dahin öfters, als ihr eigentlich lieb war, auftauchte. Zu Hause war er nicht mehr erreichbar und Lore hatte verstanden. Es machte keinen Sinn, ihn erreichen zu wollen. Irgendwie war es ihr ja klar gewesen – die Erfahrung mit Wilhelm hatte sie das gelehrt – dass ihre Verbindung möglicherweise keine Zukunft haben würde. Dennoch hatte sie ihn anders eingeschätzt. Er war ja so verliebt in sie gewesen.

„Was ist mit dem Vater des Kindes?" – fragte die Vorsitzende.

„Er hat sich verdrückt", antwortete Lore knapp.

„Sie können eine Vaterschaftsklage einreichen, das wissen Sie, oder?" – entgegnete die Vorsitzende.

„Vorausgesetzt ich kann beweisen, dass er der Vater ist. Niemand, der uns je zusammen gesehen hat, wusste, wer er war."

„Das heißt, es war ein unschickliches Verhältnis?" – gab die Freundliche vermeintlich verständnisvoll von sich.

„Nein, durchaus nicht. Ich war von seiner Liebe überzeugt."

Die drei Damen steckten ihre Köpfe zusammen und berieten sich kurz.

„Wir sind der Meinung, dass das Verhalten des jungen Mannes, der sie sitzen ließ, unverzeihlich ist. Wir dürfen Ihnen nicht direkt Rechtshilfe leisten, aber wir können dafür sorgen, dass er bezahlt. Wir haben zwar noch nicht entschieden, auf welche Weise wir Ihnen helfen, aber wir können den Gegenwert dieser Hilfe vom Vater des Kindes gerichtlich einfordern. Auch wenn er die Vaterschaft leugnen würde. Ärger hätte er auf alle Fälle am Hals."

Die Vorsitzende schien sich zum ersten Mal für Lore ins Zeug zu legen. Mit Anteilnahme in der Stimme fuhr sie fort: „Nennen Sie uns den Namen und die Adresse des Vaters und wir werden ihn zur Rechenschaft ziehen. Es gibt kein größeres Vergehen, als die Frau, die von einem ein Kind erwartet, im Stich zu lassen! Es ist verabscheuungswürdig!"

„Ich kann Ihnen den Namen nicht nennen", gab Lore zurück. Dieses Mal klang ihre Stimme fest. Sie hatte sich gedacht, dass ihre Schwangerschaft zur Sprache kommen würde. Es machte keinen Sinn, den Namen des Vaters zu nennen. Sie wusste nach seinem plötzlichen Abgang, dass er die Verantwortung nicht übernimmt. Und er hatte gewiss auch die nötigen Mittel, sich gerichtlich zu wehren. Nein, vorher wollte sie es nochmal im Guten versuchen. Ein letztes Mal. Deshalb gehörte das jetzt nicht hierher.

„Das ist aber ungewöhnlich", meldete sich die Freundliche. „Unter diesen Umständen weiß ich nicht, wie wir Ihnen helfen könnten", fügte sie hinzu. „Was haben Sie sich denn vorgestellt?" – fragte sie.

„Am dringlichsten brauche ich eine Wohnung. Etwas Geld wäre auch nicht schlecht, weil ich mir nichts mehr zu essen kaufen kann. Bis ich Arbeit finde." Lore sah die drei Frauen an und weil sie nun schon so lange stehen musste, merkte sie, dass ihr vor Schwäche langsam schwindlig wurde. Sie sah sich um, ob es eine Sitzgelegenheit gab, aber der Raum war ansonsten gähnend leer. Offenbar sollte den vorsprechenden Frauen bewusst sein, dass sie Bittstellerinnen waren.

„Nun, dann bitte ich Sie, mal kurz draußen zu warten, bis wir uns beraten haben. Wir lassen Sie dann wieder hereinrufen", sagte die Vorsitzende und wandte sich von ihr ab.

Lore ging hinaus. In dem Warteraum saßen fünf weitere Frauen, die auf ihren Bittgang warteten. Die Stühle waren alle besetzt und so lehnte sie sich an die Wand, was ihr half, die Schwäche in den Knien zu kaschieren.

Nach nicht allzu langer Zeit, das war ihr bewusst, obwohl sie ihr schmerzhaft lange vorkam, wurde sie hineingerufen.

„Fräulein Weinrather, wir haben Folgendes entschieden", meldete sich die Vorsitzende in sachlichem Ton.

„Sie bekommen ein Zimmer im Frauenhaus in der Land-
straßer Hauptstraße, Ecke Kundmanngasse, neben dem
Städtischen Kindergarten. Dort erhalten Sie ein Glas
Milch am Morgen, das Sie sich in der Gemeinschafts-
küche abholen können. Sie bekommen von der Betreu-
erin, Frau Werner, zehn Schilling am Tag, um sich Ver-
pflegung zu besorgen. Diese Zuwendung ist allerdings
zeitlich beschränkt, um auch sicherzugehen, dass Sie sich
ernsthaft um Arbeit bemühen. Wegen Ihrer Schwangerschaft darf man Sie nicht überall abweisen. Das ist gel-
tendes Recht. Im Übrigen ist auch der Aufenthalt im
Frauenhaus begrenzt. Bis Sie sich erholt haben. Alles
Gute!“ Sagte es und wandte sich wieder ab, ohne Lore
noch einmal anzuschauen.

„Dankeschön“, erwiderte Lore mit leiser Stimme.
Nicht wissend, ob sie sich über die gewährte Hilfe freuen
sollte, ging sie unsicheren Schrittes aus dem Raum.

Eine Woche lang überlegte sie hin und her, ob sie es
wagen sollte … Würde sie es nicht tun, würde sich das
Gefühl der Leere, das sie seit längerem umgab, noch ver-
tiefen. Sie gelangte schließlich zur Erkenntnis, dass sie
nichts zu verlieren hatte.

Dieses gedankliche Hin und Her hinderte sie auch daran, sich ernsthaft eine passende Arbeit zu suchen. Das
Frauenhaus war ein großer gesellschaftlicher Absturz.
Keine eigene Wohnung zu haben betrübte sie zutiefst
und lähmte alle Versuche, zur Normalität zurückzukeh-
ren.

So fand sie sich an diesem verregneten Oktobertag vor
dem Haus in der Amalienstraße 48 ein und nahm ihren
ganzen Mut zusammen, als sie an der schweren Eingangstüre klopfte.

Die Türe ging auf und ein artig gekleidetes Dienstmädchen sah sie freundlich an. „Ja, bitte?"

„Ich möchte bitte zu Herrn Philipp Feibl", erwiderte Lore mit unsicherer Stimme, obwohl sie sich das Gegenteil vorgenommen hatte.

„Herr Feibl ist nicht im Haus", antwortete das Dienstmädchen und Lore bemerkte, dass seine Züge bei diesen Worten härter wurden.

„Wann kann ich ihn denn antreffen, bitte?" Lore hatte mit dieser Auskunft gerechnet, war aber entschlossen, sich dieses Mal nicht – wie bisher am Telefon mehrmals geschehen – abwimmeln zu lassen.

„Herr Feibl Junior ist in nächster Zeit nicht im Haus". Die Antwort war dieses Mal regelrecht abweisend.

„Was heißt *in nächster Zeit*?" Lore spürte, dass man das Dienstmädchen instruiert hatte, so zu antworten.

Es schaute Lore plötzlich etwas milder an, drehte sich zuerst vorsichtig um und erwiderte dann mit leiser Stimme: „Er ist ins Ausland gefahren, um dort zu studieren".

Erneut verspürte Lore den Schlag. Den Schicksalsschlag, der ihr in den letzten Jahren von der Familie Feibl immer wieder versetzt wurde. Was hatte sie diesen Leuten denn getan? Wie konnte sich Philipp so verhalten? Sie war skeptisch gewesen, als sie erkannte, wen sie da kennengelernt hatte. Aber niemals hatte sie zuvor erlebt, dass ein Mann so in sie verliebt war. Sie war seine erste große Liebe gewesen. Dass dies auch an seinen jungen Jahren hätte liegen können, kam Lore nicht in den Sinn. Sie war von seiner Begeisterung überwältigt gewesen.

„Dann möchte ich bitte Frau Feibl sprechen". Lore konnte sich noch gut an Dr. Feibl erinnern und hatte keine Lust, ihm erneut zu begegnen.

„Einen Augenblick, bitte". Das Dienstmädchen schloss die Türe und Lore wartete nach wie vor draußen.

„Ja, bitte?" Frau Feibl hatte sich schon einen passenden unfreundlichen Ton zurechtgelegt. Doch nachdem sie Lore erblickte, erstarrte ihr Gesichtsausdruck. „Sie schon wieder? Was wollen Sie?"

Lore war genauso erstaunt. Die „Vorsitzende" des Frauenausschusses stand vor ihr und sah sie entsetzt an.

„Sie sind Frau Feibl? Nun, der Mann, der mich so schändlich und verabscheuungswürdig hat sitzenlassen, ist ihr Sohn Philipp."

Frau Feibl war sichtlich überrumpelt. Lore sah ihr an, wie es in ihr arbeitete, wie sie versuchte, sich zu sammeln.

„Nein nein", entfuhr es ihr und sie hämmerte die Türe vor Lores Nase zu.

Lore wusste nicht recht, was das zu bedeuten hatte. Sie rief sich ihren Bittgang vor dem Frauenausschuss in Erinnerung und vor allem die Empörung der drei Frauen, als sie hörten, sie sei vom Vater des Kindes sitzengelassen worden.

Nach geraumer Zeit – Lore überlegte schon, ob sie gehen sollte – öffnete sich die Türe. Frau Feibl verkündete ihr in demselben Ton, den sie im Ausschuss an den Tag gelegt hatte:

„Sie haben selbst gesagt, Sie könnten nicht beweisen, wer der Vater des Kindes sei. Woher weiß ich, dass Sie keine Betrügerin sind? Ich verbiete es Ihnen, uns damit weiter zu belästigen. Sie haben von unserem Frauenausschuss eine angemessene Hilfe in Ihrer Not erhalten. Mehr gibt es nicht! Wenn Sie keine Ruhe geben, zeige ich Sie an! Sie können froh sein, wenn ich Sie nicht aus dem Frauenhaus hinauswerfe!" Sagte es und schloss die Türe ganz offensichtlich für immer.

Lore hatte damit gerechnet, dass sie abgewiesen werden würde, aber nicht auf diese Weise. Feindseliger ging es kaum. Sie wurde wie eine Betrügerin behandelt. Langsam wurde ihr klar, was Philipps Mutter damit meinte ...

Während sie sich verstört vom Grundstück wegbewegte, fiel ihr Philipps verliebtes Gesicht ein. Wie sie sich gegen diese Beziehung zunächst gewehrt hatte ...

Es war ein wunderschöner Sonntag im März. Die kühle Luft, die noch an den strengen Winter erinnerte, vermischte sich mit den schwachen Düften des anklopfenden Frühlings. Die Sonne versprach angenehme Wärme für diesen Tag und so entschloss sich Lore zu einem Besuch im Schönbrunner Schlosspark.

Nach dem Eingang passierte sie den Ehrenhofbrunnen und freute sich auf den Kammergarten, den sie erreichte, indem sie das Schloss rechts umging. Sie wusste, dass hier die ersten Frühlingsblumen blühten und war neugierig darauf, was sie zu sehen bekam. Der Kammergarten war die schönste Sinneserfahrung, die sich Lore vorstellen konnte. Man betrat ihn durch einen mit Rosen bestückten Torbogen, der sie jedes Mal davon träumen ließ, eines Tages diesen Weg Arm in Arm mit einem geliebten Mann zu beschreiten.

Die Rosen blühten noch nicht, dafür aber in einem äußerst geschmackvollen Arrangement die Tulpen, Narzissen, Krokusse, Primeln, Hyazinthen umrahmt von Stiefmütterchen. Sie konnte sich an der Blumenpracht nicht sattsehen und verweilte minutenlang in ihrer Mitte. Sie spürte, wie die Lebensgeister in ihr erwachten und mit einem aufkeimenden Glücksgefühl schritt sie weiter in Richtung des Schlossparks. Die Aussicht war ihr vertraut und so wie es wahrscheinlich jedem Besucher erging, fiel ihr Blick in der Ferne auf die Gloriette, das Ziel des Spaziergangs im Park, von wo aus man einen wunderschönen Blick auf das Schönbrunner Schloss selbst bekam. Es war die Belohnung für den steilen Anstieg dahin.

Heute aber wollte sich Lore diesen Gewaltmarsch nicht antun. Vielmehr wollte sie die aufwachende Natur in besinnlicher Ruhe genießen und wählte zunächst die Alleen westlich der Hauptallee des Parks. Über die Tiergartenallee gelangte sie zu dem Najadenbrunnen, der wie ein Ruhepol in einer Waldlichtung thronte. Die in der Sonne platzierten Bänke waren besetzt und so bog sie links ab in eine großzügige, prächtige Allee, deren Namen ihr entfiel. Bald erinnerte sie sich aber, wo die Allee hinführte: zum Irrgarten. Schon allein diese Bezeichnung hatte sie bisher davon abgehalten, ihn zu begehen. Die Irrwege, die man einschlagen konnte, machten ihr Angst. Sie hatte genug davon in ihrem wirklichen Leben gehabt. Und sie gab sich selbst die Schuld dafür, auch wenn sie sich immer wieder gefragt hatte, ob sie ihrem Schicksal hätte entkommen können.

Heute aber fühlte sie sich stark. Voller Lebensmut und Zuversicht. Heute wollte sie ihr Schicksal herausfordern. Und so begegnete sie ihm …

Sie war angespannt. Sie kam sich vor, als würde sie zum ersten Mal Fallschirm springen, was sie mit Sicherheit nie tun würde. Zunächst versuchte sie, sich zu merken, welchen Weg sie durch den Irrgarten nahm. Bald stieß sie auf die erste Sackgasse, was sie zwang, einen neuen Weg einzuschlagen. Ja, dachte sie sich, so war ihr Leben. Sie musste immer wieder neu anfangen. Und die Angst darüber, was fortan kommen mag, war ihr nicht fremd. Angst hatte sie jetzt zwar nicht, aber Unbehagen allemal. Was sie etwas ablenkte war, dass offenbar Kinder im Irrgarten unterwegs waren und immer wieder vor Vergnügen quietschten, wenn sie in eine Sackgasse gerieten. So merkte Lore bald, dass sie nicht mehr über den Weg nachdachte, sondern einfach weiter ging. Langsam störten sie auch die Sackgassen nicht mehr existentiell, sondern gehörten ärgerlicher Weise nur einfach dazu.

Völlig überraschend erreichte sie plötzlich den Zielplatz. Damit hatte sie nicht gerechnet, sie sah sich schon den ganzen Tag in diesem Labyrinth gefangen. In der Mitte des kleinen Platzes befand sich eine Statue im altrömischen Stil, ein Knabe, der vergnügt in den Himmel schaute. Ein Cupido ohne Pfeil und Bogen. Ein befreites Gefühl überkam sie in dem Maße, in dem sich der Platz vor ihr öffnete. Sie atmete tief durch und richtete ihre Aufmerksamkeit auf den steinernen Jüngling.

Während sie die Statue betrachtete und sich gerade fragte, weshalb Pfeil und Bogen fehlten, gesellte sich jemand hinzu. Zunächst schenkte sie der Person keine besondere Beachtung.

„Wie gefällt Ihnen der Kleine? Er ist so erfrischend heiter. Entspricht genau der Stimmung, in die man gerät, wenn man es bis hierher geschafft hat."

Lore wandte sich dem Mann zu, der sie angesprochen hatte, und etwas fiel ihr sofort auf: Er war viel zu jung für seine tiefe Männerstimme. Sie sah ihn deshalb länger an, als es schicklich war. Aber sie überlegte unwillkürlich, ob er vielleicht nur so jung aussah. Diese Augenblicke, die Lore später als „zauberhaft" bezeichnen sollte, nutzte der junge Mann aus, um ins Gespräch zu kommen. Da sie ihn so unverwandt angeschaut, ja regelrecht angestarrt hatte, konnte sie ihm das nicht übelnehmen. Ganz im Gegenteil, es war gerade das, was sie in dem Augenblick brauchte. Etwas in ihrem Inneren hatte sich geöffnet und ließ diese Annäherung eines fremden Menschen bereitwillig zu. Dass es aber genau dieser Mann war, auf den ihr Inneres gewartet hatte, wurde ihr erst später bewusst.

„Sind sie öfters hier im Irrgarten unterwegs?" – fragte er mutig.

„Nein", antwortete Lore, dieses Mal so kurz angebunden, wie es sich gehörte.

„Mir fiel auf, dass Sie recht schnell hierher gefunden haben. Deshalb dachte ich, Sie kennen den Weg schon."

Was hatte er gerade gesagt? Auch das traf sie unvorbereitet. Wie kam er darauf, dass sie wusste, wohin sie ging? Sie musste unwillkürlich darüber nachdenken und reagierte nicht auf seine Worte.

Der Mann deutete ihr Schweigen in der Art, dass er sich ebenfalls wortlos entfernte. Lore bemerkte das zwar, sie drehte sich aber ihm nicht zu, sondern betrachtete nach wie vor die Statue. Allerdings spürte sie eine innere Unruhe, die sie fast erstarren ließ, sodass sie sich nicht vom Fleck rührte. Etwas in seiner Stimme und Tonlage hatte sie berührt. So sehr, dass seine Worte immer mehr in ihr Inneres eindrangen und sie ausfüllten.

Plötzlich blickte sie auf und schaute sich nach ihm um. Der Platz war leer. Es herrschte Stille. Da fiel ihr erst auf, dass sie die Kinderstimmen schon länger nicht mehr gehört hatte. Sie fühlte sich plötzlich allein. Unsicherheit ergriff sie. Der Mut, der sie zum Besuch des Irrgartens angeregt hatte, war verflogen. Sie wollte raus hier! Sofort! Jetzt erst bemerkte sie, dass zwei Wege den Platz verließen. Aus welchem der beiden war sie hierher gelangt?

Sie entschloss sich, ohne viel zu überlegen, für einen. Schnell versuchte sie voranzukommen. Jede Sackgasse machte sie hektischer. Ihr Herz raste. Aus dem Gehen wurde zunehmend ein Taumeln. Das Taumeln, das ihr Leben bisher so oft bestimmt hatte. Niederlagen, die sie körperlich trafen.

Plötzlich blieb sie stehen. Was war denn geschehen? Worin bestand ihre Niederlage? Lore atmete tief durch. Ein Mann hatte sie angesprochen. Er war jung, viel zu jung, dachte sie. Und dennoch. Die wenigen Worte, die er an sie gerichtet hatte, hatten sie berührt. Sie dachte darüber nach. Waren es überhaupt die Worte gewesen? Hatte der steinerne Knabe vielleicht doch einen verborgenen Pfeil und Bogen gehabt?

Während sie sich diese Gedanken machte, war sie weitergegangen. Noch in Gedanken versunken, trat sie plötzlich aus dem Irrgarten heraus.

Auf der breiten Allee, die sie zum Irrgarten geführt hatte, verflog ihre Beklemmung. Sie fühlte sich wieder wohl im Schatten der großen Bäume, die die Allee säumten. Sie bog rechts ab und gelangte sofort auf eine der drei Hauptalleen, die der Länge nach den Schlosspark durchzogen. Der prächtige Neptunbrunnen rechts fing ihren Blick ein, aber sie wollte wieder raus aus dem Park. Deshalb ging sie nach links in Richtung Ausgang. Die zwischen den Alleen kunstvoll angerichteten Grünflächen warteten auf die sommerliche Blumenpracht, aber Lore erfreute sich auch so der gebotenen Perfektion.

Am Ende der Allee gelangte sie wieder linker Hand in den Kammergarten. Ein letzter Blick auf die herrliche Blumenpracht und sie würde wieder allein durch den Rosentorbogen hinausgehen.

„Darf ich Sie ein Stück weit begleiten, gnädiges Fräulein?" – hörte sie ihn von der Seite sagen. Es war er. Der Jüngling. Seine Worte trafen sie wie Pfeile. Sie verspürte keinen Schmerz, aber den Aufprall. Sie geriet schier aus dem Gleichgewicht. Dieses Mal wollte sie ihn aber nicht durch Wortlosigkeit vertreiben. Sie überlegte fieberhaft, was sie sagen sollte. Rechtzeitig sah sie den Rosentorbogen ... und Lore sagte: „Ja, gerne."

***

Nach Lore Weinrathers Besuch war Hilde Feibl ziemlich durcheinander. Sie konnte nicht glauben, was diese Frau behauptete. Allerdings spürte sie eine starke innere Unruhe aufkommen. Weshalb wollte Philipp vor einigen Wochen so unvermittelt im Ausland studieren? Es war ihr damals wie eine regelrechte Flucht vorgekommen, die sie sich nicht erklären konnte. Die Business School in London war nicht gerade preisgünstig, aber Philipp bestand darauf. Er wollte offensichtlich weit weg.

Was wäre, wenn die Frau doch die Wahrheit gesagt hatte? Wenn das rauskäme, wäre der gesellschaftliche Schaden unermesslich. Für ihren Ehegatten stünde die Stellung als Stadtrat auf dem Spiel und über Philipps Zukunft hinge ein großer Schatten. Sie ging unruhig im Salon auf und ab. Irgend etwas musste sie tun! Sie konnte den Dingen nicht einfach ihren Lauf lassen!

Während sie krampfhaft überlegte, trat Dr. Feibl ins Zimmer ein. Er sah seiner Frau sofort an, dass sie etwas beschäftigte.

„Sagst du mir, was los ist?" – fragte er in einem eher gleichgültigen Ton. „Hat es etwas mit dem vorigen Besuch an der Eingangstüre zu tun? Klara berichtete mir, dass eine junge Frau etwas von dir wollte."

„Diese Petzgöre! Ich werde sie mir vornehmen! Kann nichts für sich behalten!"

„Nicht nötig. Ich hab sie gefragt. Hätte sie nicht wahrheitsgemäß geantwortet, hätte <u>ich</u> sie mir vorgenommen. Willst du mir nicht sagen, was dich beschäftigt?" Dieses Mal war seine Aufforderung schon bestimmter.

„Wir haben ein Problem." Wie immer vermied sie es, ihren Ehegatten mit seinem Namen anzusprechen. „Schatz" war schon lange nicht mehr in ihrem Repertoire sowie kein anderes Kosewort. Seinen Vornamen, Karl, sprach sie nur aus, wenn sie über ihn verärgert war. „Hast du dich nicht gefragt, weshalb Philipp so unverhofft im Ausland studieren wollte?"

Dr. Feibl überlegte kurz und antwortete mit einem Achselzucken: „Nein, ich fand es gut, dass der Junge Höheres anstrebt. Heutzutage muss man mehr vorweisen als Hinz und Kunz."

„Ja, aber so plötzlich! Er war so sensibel und heimatverbunden. Hat sich tagsüber ständig in Wien aufgehalten. ‚Ich mache alle Museen und Kunstausstellungen durch' – gab er an, wenn ich ihn auf seine Abwesenheit ansprach."

„Ha ha, Frau, du bist aber naiv! Ein Liebchen hatte er! Verliebt bis über beide Ohren! Ließ seinen Bartpflaum plötzlich wachsen, achtete auf eine ‚männliche' Kleidung. Sogar einen Gehstock hat er sich angeschafft. Dass dir das alles nicht aufgefallen ist!"

Frau Feibl sah ihren Mann überrascht an. In der Tat, das war ihr nicht aufgefallen. Männer! Sie hatte sich ihr Leben lang keinen Reim auf sie machen können.

„Aber wieso wollte er dann so plötzlich weg?"

„Was weiß ich! Vielleicht hat er sie geschwängert und wollte sich noch nicht binden."

„Nicht Philipp!" – rief Frau Feibl aus. „Er ist nicht so verantwortungslos! Wie kannst du so etwas sagen!"

Dr. Feibl sah seine Frau mit der Geringschätzung, die er ihr seit geraumer Zeit entgegenbrachte, an. Das beruhte zwar auf Gegenseitigkeit, aber aus verschiedenen Gründen. Das Einzige, was sie noch zusammenhielt, war ihre gesellschaftliche Stellung. Schließlich gab er mit ernster Stimme zurück: „Ich habe ihm dazu geraten. Er hatte sich mir offenbart. Die Frau, eine Kellnerin im Rotlichtviertel, ist um einiges älter als er. Sie hat ihn bestimmt verführt. So einen jungen Burschen als Liebhaber! Welche Frau wünscht sich das nicht! Sie hätte besser aufpassen sollen! Bestimmt ist es dem Flittchen nicht zum ersten Mal passiert. Sie wird schon wissen, was zu tun ist."

„Ich glaube nicht, dass sie etwas unternommen hat. Sie ist nach eigener Aussage immer noch schwanger und in Not. Sie hat offensichtlich kein Geld, um etwas ‚zu unternehmen'. Ich habe ihr durch unsere Stiftung einen Platz im Frauenhaus besorgt. Ich fürchte, der Ärger beginnt erst. Vorhin habe ich sie weggeschickt und ihr verboten, sich nochmal an uns zu wenden. Was ist, wenn sie sich nun rächt und allen erzählt, dass Philipp der Vater ihres Kindes ist? Frau Werner, die Heimleiterin, würde mich keines Blickes mehr würdigen. Sie ist ja so streng katholisch."

„Ich dachte, du bist es auch", erwiderte Dr. Feibl, woraufhin er sich hinsetzte, den Kopf zwischen die Hände nahm und in Gedanken versank. Er tat das immer, wenn ihm etwas gegen den Strich ging.

„Wir können es nicht zulassen, dass sie das Kind bekommt. Biete ihr Geld, dass sie abtreibt." Das war das Einzige, was ihm einfiel.

„Wie kannst du so etwas sagen!" – entrüstete sich Frau Feibl. „Damit treiben wir sie zur Sünde und sündigen selbst auch noch!"

„Wir könnten mit dem Krankenhaus ausmachen, dass eine Indikation zum Schwangerschaftsabbruch vorliegt. Irgendeine ernste Krankheit des Fötus", ergänzte Dr. Feibl.

„Das Krankenhaus führt Abtreibungen nur bis zur zwölften Woche durch. Nach meiner Einschätzung liegt sie längst darüber. Wir können da nichts machen."

„Doch", sagte Dr. Feibl, ohne lange zu überlegen. „Sie muss zur Engelmacherin. Die macht das auch später."

„Und wenn sie nicht abtreiben will?" – gab Frau Feibl zurück in einem Ton, der nicht mehr so abweisend war wie zuvor.

„Dann wirfst du sie aus dem Frauenhaus mit sofortiger Wirkung raus. Offensichtlich hat sie bisher noch niemandem von Philipp erzählt. Du musst sofort hin."

„Wenn sie aber keine Engelmacherin kennt? Wenn ich ihr das Geld gebe und sie geht einfach nicht hin? Ich weiß nicht ..." Frau Feibl setzte sich ebenfalls und blickte ratlos drein.

„Wir finden selbst eine und schicken sie hin. Bezahlen tun wir. Sodass sie uns nicht betrügen kann. Nach vollzogenem Abbruch gehst du zum Frauenhaus und gibst ihr ein Überbrückungsgeld für die Zeit, bis sie sich erholt hat und wieder arbeiten kann. Diese Aussicht wird sie überzeugen."

„Ja, aber Abtreibungen bei Engelmacherinnen sind verboten und strafbar. Was ist, wenn sie uns verrät?" – gab Frau Feibl zu bedenken.

„Das glaube ich nicht", erwiderte Dr. Feibl. „Sie wäre die erste, die man bestrafen würde. Und dann wäre es aus mit ihr. Wer gibt einer Straftäterin jemals noch Arbeit? Am besten, du machst ihr das auch gleich klar. Abgesehen davon, können wir im Ernstfall alles leugnen. Die Engelmacherin wäre aus eigenem Interesse und mit Hilfe einiger Geldscheine auch auf unserer Seite."

„Ich weiß nicht ... mir ist nicht wohl dabei". Frau Feibl starrte vor sich hin. Offenbar ging sie das ganze Vorhaben noch einmal in Gedanken durch. Eine Zeitlang herrschte Stille am Tisch. Dann sah sie zu ihrem Mann hin und sagte wesentlich überzeugter als vor noch wenigen Minuten: „Gut, ich mache das. Finde du heraus, wo es eine geeignete Engelmacherin gibt. Ich gehe zum Frauenhaus und weise die Göre darauf hin, dass sie unsere Hilfe nur erhält, wenn sie den Mund hält."

„Gute Entscheidung!" Dr. Feibl schaute seine Frau zum ersten Mal etwas gütiger an. Auch wenn sie sich sonst nicht viel zu sagen hatten, in den wichtigen Dingen hielten sie zusammen. Sie waren eine Familie. Eine angesehene Familie in Wien. Und das musste so bleiben.

***

Lore trat ein und merkte sofort, dass die Engelmacherin ihr etwas zu sagen hatte. Sie hatte die Frauen, die vor ihr dran waren, beobachtet, als sie aus dem „Behandlungsraum" herauskamen. Sie waren alle nicht lange drin gewesen und verließen den Raum auf wackligen Beinen. Mehrere Male, während sie wartete, überlegte sie noch, ob sie wieder gehen solle. Die Entscheidung abzutreiben war ihr aufgezwungen worden. Frau Feibl hatte ihr unmissverständlich erklärt, dass sie sofort aus dem Frauenhaus rausfliegen würde, wenn sie sich weigerte. Die Feibls hatten alles vorbereitet. Ihr eine bestimmte Engelmacherin genannt, diese bereits bezahlt und eine gehörige Summe Geldes versprochen, nachdem sie es getan hätte.

Die folgenden Tage waren grausam. Sie wog alle Eventualitäten, die sie sich vorstellen konnte, ab und kam zu keinem eindeutigen Ergebnis. Sie wollte das Kind ursprünglich behalten, keine Frage, aber irgendetwas in ihr sträubte sich dagegen. Der Vater wollte sein Kind nicht anerkennen, seine Familie drohte ihr für den Fall, dass sie weitere Forderungen stellte. Sie hätte keine Bleibe und müsste das Kind unter elenden Bedingungen zur Welt bringen. Sie könnte vielleicht in einem anderen Frauenhaus unterkommen, aber das war ungewiss. Nach der Geburt würde man ihr unter diesen Voraussetzungen das Kind sogar wegnehmen. Was hätte sie dann davon? Es zermürbte sie! Die Kraft, weiter zu kämpfen, verflog. Sie musste es tun. Das war das Einzige, womit die Familie des Vaters bereit war zu helfen. Auch wenn es illegal war.

Es war ihr klar gewesen, dass die Feibls kein Risiko ein-
gingen, denn sie würden alles leugnen.

Es blieb ihr nichts anderes übrig. Diese Entscheidung
ließ sie verzweifeln.

*Aus der Verzweiflung wurde unvermeidlich Hass. Die Erin-
nerung an die schönen Stunden mit Philipp zählte nicht mehr. Sie
musste es dieser Familie heimzahlen! Sie wollte nicht mehr nur
Opfer sein! Es wurde Zeit, zur Täterin zu werden.*

Diese Gedanken schrieb sie in ihr Tagebuch nicht auf.

*Alles, was sie ab diesem Zeitpunkt aufschrieb, hatte mit diesem
Plan zu tun. Das gab ihr Kraft, alles durchzustehen. Ja, so sollte
es sein!*

„Liebes, bist du dir sicher, dass du abtreiben willst?"
Die Engelmacherin, eine gütig aussehende Frau in ihren
Fünfzigern, schaute sie freundlich an.

„Nein, aber ich werde dazu gezwungen", gab Lore zur
Antwort.

„Wer zwingt dich denn?"

„Die Feibls, die Familie des Vaters des Kindes, der
nicht dazu steht."

„Frau Feibl gab mir das Geld für die Abtreibung, stellte
es aber als einen Akt der Wohltätigkeit hin", gab die
Engelmacherin überrascht zurück.

„Wie gesagt, ich habe keine andere Wahl."

„In welchem Monat bist du Kleines?"

„Ende des fünften Monats."

„Ist dir das Risiko bewusst, das du eingehst? Nach so
einer Ausschabung, selbst wenn ich äußerst sorgfältig bin,
ist es gut möglich, dass eine ernste Infektion auftritt. Als
Folge könntest du sogar eine schwere Lungenentzündung
bekommen. In dem Fall musst du in ein Krankenhaus

gehen. Dort darfst aber in keinem Fall von mir berichten. Sonst wirst du gerichtlich bestraft und ich auch."

„Ich weiß, Frau Feibl hat mich auch davor gewarnt. Keine Sorge, ich würde Sie nicht verraten.

Nachdem die Engelmacherin sie über die Risiken aufgeklärt hatte, überraschte Lore sie mit der Bitte, ihr das Kürettageinstrument zu geben, etwas Spiritus zur Desinfektion und Schmerzmittel für die Zeit nach dem Eingriff. Auf den Einwand der Engelmacherin, sie sei für den Eingriff von einer ihr unbekannten Frau schon bezahlt worden, erwiderte Lore, dass es doch umso vorteilhafter sei, lediglich die Instrumente zu stellen.

Es war nicht ungewöhnlich, dass Frauen selbst die Ausschabung vornahmen, vor allem wenn sie kein Geld hatten. Aber die Frau wunderte sich schon sehr darüber, dass Lore dies trotz der erfolgten Bezahlung selbst tun wollte. Mit der Mahnung: „Pass gut auf!" gab sie ihr das Geforderte.

Als am nächsten Tag die unbekannte Frau nachfragte, ob die Abtreibung erfolgt sei, bejahte die Engelmacherin aus Angst, sie müsse sonst das im Voraus bezahlte Geld zurückzahlen.

***

Sich um diese späte Abendstunde an den Ufern des Donaukanals aufzuhalten war nicht ungefährlich. Lore kümmerte das wenig. Sie hatte sich im Wirtshaus an der nächsten Straßenecke mit billigem Wein Mut angetrunken. Für alle Fälle. Sie war entschlossen, aber gut ging es ihr dabei nicht. Sie wollte im letzten Augenblick nicht mehr schwach werden.

Der lange Weg entlang der Kundmanngasse zum Donaukanal ermüdete sie, benebelte aber ihr Denken so, wie sie es sich erhofft hatte. Sie hatte keine Kraft mehr, das Für und Wider erneut durchzugehen. Sie musste es tun! „Weshalb musst du es tun?" – ging ihr nochmal durch den Kopf. „Ach ja, das ist meine Rache!"

„Und wenn du dabei draufgehst?" – erklang eine ferne Stimme in ihr.

„Das will ich ja!" – gab sie trotzig zurück. „Mein Leben hat keinen Sinn mehr! Mit oder ohne Kind. Und ohne Kind verdiene ich den Tod!" Sagte es laut vor sich hin und setzte sich damit bei der imaginären Zweiflerin durch.

„Und wenn du dabei nicht stirbst?" – meldete sich die Stimme erneut.

„Oh doch, ich werde sterben ... so oder so!"

Mit Tränen in den Augen packte Lore die Utensilien aus und legte sie neben sich ins Gras hin. Sie hatte unweit des Sophiengartens eine Stelle am Ufer entdeckt, die nicht einsehbar war und ihr deshalb als geeignet erschien. In Trance, ein Zustand, der ihr Leben bis dahin mehrfach bestimmt hatte, legte sie die Kürette an ... Ob sie vergaß, das Instrument vorher mit dem Spiritus zu desinfizieren oder es absichtlich unterließ, wird für immer ein Geheimnis bleiben.

Ein langgezogener Schrei hallte entlang des Ufers des Donaukanals. Zu der Nachtstunde aber gab es niemanden, dem das als etwas Besonderes auffiel ...

***

Am nächsten Tag erhielt sie Besuch. Frau Feibl trat ohne vorher zu klopfen in Lores Zimmer ein und erkundigte sich nach ihrem Befinden. In Wahrheit wollte sie sehen, ob sie wirklich abgetrieben hatte. Lores Zustand schien sie zufrieden zu stellen und so sagte sie in geschäftlichem Ton: „Habe die 500 Schilling der Leiterin, Frau Werner, gegeben mit dem Auftrag, das Geld an Sie weiterzuleiten, sobald Sie in der Lage sind, Ihr Zimmer wieder zu verlassen. Es wäre unvernünftig, das Geld bei Ihnen zu lassen. Man könnte es stehlen, wenn Sie gerade schlafen."

Lore war, so gut es unter diesen Umständen ging, wieder in der Lage, klar zu denken, und deshalb war ihr bewusst, dass der wahre Grund für diese Maßnahme war, abzuwarten, ob sie die Abtreibung überhaupt überleben würde. Eins wollte sie aber noch loswerden:

„Sind 500 Schilling so viel wie Sie versprochen haben?"

„Sei nicht unverschämt! Das ist viel Geld in deiner Lage!" Sagte es und verließ das Zimmer ohne ein weiteres Wort.

Lore richtete sich in ihrem Bett auf und nahm sich vor, zumindest so lange durchzuhalten, bis sie das Geld in Empfang nehmen konnte. Auch wenn es ihr nicht mehr viel nützen würde, wollte sie es dieser herzlosen Frau nicht überlassen.

Die Schmerzen wurden unerträglich. Es fühlte sich wie eine offene Wunde an, die keine Linderung versprach. Die Schmerzmittel, die sie von der Engelmacherin erhalten hatte, halfen nicht viel. Frau Werner war so nett gewesen und hatte ihr das Glas Milch, das ihr zustand, aufs Zimmer gebracht. Normalerweise gab es diesen Service nicht, aber nachdem sie erfahren hatte, warum Lore nicht in die Küche gekommen war, hatte sie eine Ausnahme gemacht. Mehr hatte Lore nicht zum Essen und es gab niemanden, der oder die sie verpflegen konnte.

Am nächsten Tag schleppte Lore sich runter, versuchte, erholt zu erscheinen, und bekam die 500 Schilling. Da die Schmerzen immer noch unerträglich waren, ging sie zur Apotheke und kaufte stärkere Schmerzmittel. Zu mehr hatte sie keine Kraft und ging anschließend zurück auf ihr Zimmer.

Mehr wollte sie auch nicht. Sie würde sich kein Essen kaufen. Entweder sie starb durch die Schmerzen oder vor Hunger. Sie verdiente es nicht, weiter zu leben. Das wusste sie vor der Tat und jetzt war sie noch entschlossener. So ein Elend!

Damit sie nicht in Versuchung kommen konnte, musste sie den Rest des Geldes loswerden. Der Apotheker machte einen guten Eindruck und deshalb bat sie ihn, das restliche Geld sozusagen als Vorauszahlung für weitere Medikamente zu behalten. Sollte sie nicht mehr vorbeikommen, sei das Geld für hilfsbedürftige Menschen gedacht. Der Apotheker sah sie erstaunt an und antwortete kurz und bündig: „In Ordnung."

Tags darauf ging es ihr noch schlechter. Die Schmerzen hatten dank der neuen Medikamente etwas nachgelassen, aber sie fühlte sich sehr schwach. Sie führte es darauf zurück, dass sie nichts gegessen hatte. Und Frau Werner hatte ihr die Milch nicht wieder hochgebracht. Sie dachte ja, Lore ginge es besser.

Lores Tagebuch war vollgeschrieben. Sie dachte sich, das könne kein Zufall sein! Das Schicksal wollte es so. Es ist kein Platz mehr, auch nur für einen Tag. Aber etwas wollte sie unbedingt noch festhalten. Dass man das ja nicht übersähe. Sie begann mit den Worten:

„Familie Feibl war mein Schicksal … Und so ist es nur folgerichtig …"

Der Platz war nun wirklich zu Ende und so blätterte sie zurück und schrieb mit zittriger Hand auf die Rückseite der ersten Seite:

„… dass sie auch meinen Tod verursacht hat…"

72

Lore hatte fest vor, nichts mehr zu essen. Gut, dass Frau Werner mit der Milch nicht mehr vorbeikam. Langsam wurde sie so schwach, dass es keine Rolle mehr spielte, weshalb. Sie schaffte es gerade noch, zur Türe zu gehen, abzusperren und den Schlüssel auf den kleinen Tisch zu legen. Sie wollte sicher gehen, dass sie niemand mehr störte oder auf den Gedanken kam, ihr zu helfen.

Sie legte sich ins Bett. Ihr ganzer Unterleib schmerzte so sehr, dass sie inständig hoffte einzuschlafen. Gekrümmt lag sie da, mit dem Gesicht zur Wand. Sie wusste, dass das Siechtum nicht nur vom Hunger kam. „So wie ich es mir gewünscht habe“, war das letzte, was sie noch klar denken konnte.

***

„Was erzählen Sie denn da?!“ – entrüstete sich Frau Feibl. „Nichts davon ist wahr! Woher wollen Sie das alles wissen?“ Sie sah den Kriminalkommissar wütend an.

„Ich weiß es von Fräulein Weinrather selbst“, antwortete Johann. Dabei hielt er ihrem wütenden Blick scheinbar teilnahmslos stand.

„Wie meinen Sie das? Hat sie sich vor ihrem Tod bei Ihnen beschwert?“ Ein ironischer Unterton war nicht zu überhören.

„Könnte man so sagen“, antwortete Johann.

„Sie sind einer Betrügerin auf den Leim gegangen! Sie hat keinen Beweis dafür, dass mein Sohn der Vater ihres Kindes ist!“

„Sie räumen also die Vorwürfe des Opfers ein?“ – gab Johann ruhig zurück.

„Welche Vorwürfe? Ich räume gar nichts ein!" Johann hatte sie gerade im Kleinen ertappt, aber Frau Feibl ließ sich nichts anmerken.

„Sie behaupten, Fräulein Weinrather habe keinen Beweis dafür, dass Philipp der Vater des Kindes ist. Das heißt, Sie haben sich mit dem diesbezüglichen Vorwurf des Opfers auseinandergesetzt."

„Habe ich nicht! Ich stelle anhand ihrer Anschuldigung fest, dass die junge Frau, die unsere Stiftung um Hilfe bat, bekundet hat, dass sie nicht nachweisen kann, wer der Vater des Kindes ist. Weshalb sollte ich dann etwas gegen dieses Fräulein unternehmen?"

„Weil Sie offenbar befürchteten, die Anschuldigung der jungen Frau sei wahr. Sie haben sie ja noch mehrere Male gesprochen. Vor und nach der Abtreibung, die ihren Tod verursachte."

„Wer behauptet denn so etwas?" Frau Feibl tat immer noch entrüstet.

„Wie schon gesagt, Fräulein Weinrather selbst." Der Kommissar sah sich dabei in der Runde um und beobachtete Philipp genau. Dieser saß nur da und stierte vor sich hin. Johann fragte sich, wann der sich zu Wort melden würde. Vorerst einmal wollte er sich aber mit Frau Feibl beschäftigen.

„Wie schon gesagt, sie lügt." Frau Feibl, die, aufgestachelt von der vorausgegangenen langen Schilderung des Schicksals Lore Weinrathers durch den Kommissar, von ihrem Sitz aufgesprungen war, setzte sich wieder hin. Johann deutete es als einen ersten kleinen Durchbruch in seinem Vorhaben. Er wollte Frau Feibl in die Enge treiben. Er wollte sie dazu bringen, alles zu gestehen. Es war ihm aber bewusst, dass es seinerseits noch vieler Geduld bedurfte.

„Ich habe noch weitere Zeugenaussagen, die Fräulein Weinrathers Behauptung belegen."

„Da bin ich aber gespannt." Auch wenn Frau Feibls Stimme leiser wurde, drückte sie noch viel Trotz aus.

„Ihr eigenes Dienstmädchen und die Leiterin des Frauenhauses, Frau Werner, haben die diesbezüglichen Schilderungen Fräulein Weinrathers bestätigt."

Frau Feibl stützte den Kopf zwischen ihre Hände und seufzte ungeduldig: „Das Dienstmädchen kann nicht wissen, mit wem ich gesprochen habe. Und ja, ich war im Frauenhaus. Ich besuche die dort Wohnenden öfters. Dabei habe ich auch mit Fräulein Weinrather gesprochen."

„Zwei Mal", warf Johann ein.

„Kann sein", gab Frau Feibl nach wie vor ungeduldig zu. „Einmal hörte ich, dass es ihr nicht gut ging, und erkundigte mich bei ihr persönlich über ihren Zustand. Ich sehe nichts Verwerfliches darin."

„Wussten Sie, dass sie abgetrieben hatte?" – fragte der Kommissar wie beiläufig.

„Ja, hatte es bei der Gelegenheit erfahren. Auch das gebe ich zu. Verstehe aber nicht, wofür ich irgendwie verantwortlich sein soll!"

„Verantwortlich sind Sie dafür, dass Sie die junge Frau zur Abtreibung gedrängt haben!" Johanns Stimme drückte zum ersten Mal so etwas wie Vorwurf aus. Obwohl er sich zusammenriss, konnte er diese Stimmlage nicht unterdrücken.

„Das können Sie niemals beweisen!" Frau Feibl sah den Kommissar siegessicher an. Johann aber erkannte in ihren Augen das Geständnis … Er fragte sich nur, wie lange sie durchhalten würde. Wie lange kann ein Mensch seine Schuld leugnen. So einen Fall hatte er in seinen wenigen Dienstjahren noch nicht gehabt. Er wusste, dass seine

Beweislage dünn war. Er musste diesen Fall anders, unkonventionell, lösen.

„Mutter!" – war es überraschender Weise Emilie, die sich plötzlich meldete. „Hast du das getan? Hast du diese arme Frau in die Sünde getrieben?"

„Ich habe es nicht getan!" Frau Feibl sah dabei nicht zu ihrer Tochter hoch, die bedrohlich vor ihre Mutter schritt.

„Mutter, ich kenne dich! Und weil ich dich kenne, weiß ich, hier stimmt etwas nicht! Und zwar dein Verhalten! Du hast sie ja offenbar am gleichen Tag zwei Mal gesprochen. Dabei bist du sogar ins Frauenhaus geeilt, um sie zu sprechen. Weshalb hast du sie dann nicht davon abgehalten, abzutreiben? Hast du wirklich getan, wessen dich Lore Weinrather beschuldigt? Hast du es fertiggebracht, diesem armen Menschen zum wiederholten Male Unrecht zu tun? Was sind wir nur für eine Familie!" Emilie fasste sich an die Stirn, schaute sich wie ein verwundetes Tier um, wohin sie flüchten könnte, und Johann wusste, sie hatte verstanden. Sie hatte die Schuld der Mutter, die Schuld der ganzen Familie, erkannt.

„Ich muss Ihnen leider sagen, dass wir Beweise für Ihre Schuld haben." Johann verschwieg, dass es juristisch gesehen nur Indizienbeweise waren, die sich auch nur auf Zeugenaussagen stützten. Deshalb wollte er unbedingt ein Geständnis haben.

„Kann ich mir nicht vorstellen", gab Frau Feibl seltsam ruhig zurück. Johann fragte sich, ob das schon eine gewisse Resignation ausdrückte. Die Vorstufe eines Geständnisses. Er kannte das aus vielen Verhören. Nur dass dieses Verhör nicht auf dem Revier stattfand, sondern in der Wohnung der Beschuldigten und auch noch im Kreise ihrer Familie. Johann versprach sich einiges davon. Er hoffte, gerade dadurch zu dem nötigen Geständnis zu gelangen.

„Wir wissen, dass Sie Frau Werner nach der Abtreibung 500 Schilling zur Aufbewahrung gaben. Sie sollte das Geld Fräulein Weinrather geben, wenn es sich von dem Eingriff erholt hätte."

„Und was beweist das?" – warf Frau Feibl ein. „Ich wollte der armen Frau helfen, wieder auf die Beine zu kommen."

„Wenn Sie ihr helfen wollten, weshalb haben Sie bei ihrem Zustand nicht die Einweisung in ein Krankenhaus veranlasst? Da wären die 500 Schilling besser angelegt gewesen." Johann beeilte sich die Antwort selbst zu geben: „Weil Sie genau wussten, dass Lore Weinrather illegal abgetrieben hatte und da Sie selbst die Abtreibung veranlasst und bezahlt hatten, wollten Sie sich keine Schwierigkeiten einhandeln! Stimmt doch, oder!?" Der Kommissar hatte zum ersten Mal seine Stimme erhoben und war dabei Frau Feibl ganz nahe an den Leib gerückt.

„Dafür haben Sie keine Beweise!" – wiederholte sich Frau Feibl.

„Wir werden sehen. Mein Kollege, Inspektoraspirant Kaminski, klappert alle uns bekannten Engelmacherinnen im Westen Wiens ab und wird bestimmt eine Bestätigung für Ihre Beteiligung erhalten, wenn wir Straffreiheit versprechen."

„Dann wünsche ich viel Glück dabei", gab Frau Feibl ironisch zurück und Johann wunderte sich etwas über diese Selbstsicherheit der Beschuldigten.

Langsam war es an der Zeit zu hören, was Philipp zu all dem zu sagen hatte. Deshalb wandte sich Johann unvermittelt an ihn:

„Junger Mann, fühlen Sie sich wirklich ganz unbeteiligt bei dieser Sache?"

„Sag nichts, ich warne dich!" – meldete sich Dr. Feibl. „Es gibt keine Beweise! Du kannst es nicht wissen, ob du der Vater bist!"

Damit hatte Johann nicht gerechnet. In gewisser Hinsicht konnte er zwar den Einwurf des Vaters verstehen. Dass aber mehr dahintersteckte, dachte er in dem Augenblick noch nicht.

„Philipp!" – rief Emilie aus. „Sag die Wahrheit! Wenn du der Vater bist, dann musst du es zugeben! Inwieweit bist du in dieses Unrecht an dieser armen Frau verwickelt? Wenn du lügst, schau ich dich nicht mehr an. Glaub es mir!"

„Philipp sah seinen Vater an, dann Emilie, schüttelte irritiert und sichtbar unsicher den Kopf und flehte Emilie an: „Ja, es kann sein, dass ich der Vater bin … Ich glaube schon. Jedenfalls hat Lore das zu mir gesagt."

„Weshalb hast du sie dann Hals über Kopf verlassen? Du bist ein Feigling! Du hast sie geschwängert. Du hättest dazu stehen müssen! Ich verachte dich!" Emilie drehte sich von Philipp weg, so als wollte sie nichts mehr mit ihm zu tun haben.

Philipp sah sie sichtlich verzweifelt an und Johann bemerkte, wie sich sein Blick verdüsterte und er mit ausgestrecktem Arm auf seinen Vater zeigte:

„Du bist schuld an allem! Du hast mir eingeredet, dass Lore mich nur einfangen wollte! Eine Bedienung im Rotlichtviertel, die eine wohlhabende und angesehene Familie beschämen würde! Du hast mich gezwungen, sie zu verlassen! Hast mir gedroht, mich zu enterben! Ich hatte keine Wahl, als weit weg zu fliehen!" Er war erregt, wütend und traurig zugleich. „Dabei habe ich sie geliebt."

Philipp nahm den Kopf zwischen seine Hände und fing an, laut zu weinen.

Emilie drehte sich um und ging langsam auf ihn zu. Sie setzte sich neben ihn und zog seinen Kopf an ihre Brust. Dabei sah sie ihren Vater mit einem wütenden Blick an.

„Ich habe dich nur vor einer großen Schande bewahrt, mein Sohn. Ich kann darin nichts Verwerfliches sehen. Ich wasche meine Hände in Unschuld, ganz einfach."

„Ganz einfach?" – schrie Emilie ihren Vater empört an. „Da ist nichts einfach! Ich kenne auch dich. Nichts hier im Haus geschieht ohne dein Zutun oder zumindest deine Zustimmung! Mutter wird angeklagt, Lore Weinrather ins Verderben geschickt zu haben. Wenn das wahr ist, was man ihr vorwirft, dann bist du ganz bestimmt daran auch beteiligt. Ich kenne dich!"

„Was erlaubst du dir denn?!" – reagierte Dr. Feibl höchst erregt. „Jetzt greifst du mich auch noch an! Wo ist der Respekt, der mir gebührt?"

„Respekt?" – meldete sich Frau Feibl mit schriller Stimme. „Du verlangst Respekt? Was ist mit dir? Wem gegenüber zeigst du Respekt? Wann hast du mir zuletzt Respekt erwiesen? Ich sage dir wann: Als ich deinen dringenden Vorschlag annahm, das arme ‚Flittchen', wie du es nanntest, zu einer Abtreibung zu zwingen. Als ich trotz meiner Bedenken – ja, durchaus auch religiöser Natur – deine hinterhältige Intrige mit ausführte! Wer hat denn eine passende Engelmacherin ausgemacht und mich mit dem Geld aus deiner Schatulle hingeschickt, sie zu bezahlen? Wer hatte die Idee, das ‚Flittchen' ernsthaft zu erpressen, sodass ihr kein anderer Weg blieb, als abzutreiben? Du warst das!" Frau Feibl redete sich in Rage und brach dann in Tränen aus, bevor sie in sich zusammenbrach.

Johann Maurer aber hatte genug gehört. Er ging zum Salonfenster, öffnete einen der schweren Fensterflügel und winkte hinaus in den Vorhof, wo sich zwei Polizisten des Kommissariats Landstraße aufhielten.

„Frau Feibl und Herr Dr. Feibl, Sie sind verhaftet wegen Absprache zu einer illegalen Abtreibung mit Todesfolge! – Abführen!" – sagte er in Richtung der zwei Polizeibeamten, die inzwischen in den Salon eingetreten waren.

„Und Sie, Sie sollten sich schämen!" Johann sah Philipp streng an und verließ den Raum grußlos.

Emilie drückte Philipp wie zum Schutz noch mehr an sich.

***

Die Indizienlast war letzten Endes ausreichend, um die zwei Feibls zu verurteilen. Inspektoraspirant Kaminski hatte tatsächlich eine Engelmacherin ausfindig gemacht, die bei dem Versprechen der Straffreiheit zugab, dass sie von einer fremden Frau, deren Namen sie angeblich nicht kannte, bezahlt wurde, eine Abtreibung an einer hochschwangeren Frau vorzunehmen. Sie versicherte, bei der Abtreibung sehr sorgfältig vorgegangen zu sein und die junge Frau darauf eindringlich hingewiesen zu haben, bei auftretenden Komplikationen sofort ins Krankenhaus zu gehen. Sie könne keine Verantwortung dafür übernehmen, dass die arme Frau gestorben war.

Im Normalfall hätte dieses Argument in der Strafverfolgung nicht gezählt, aber wegen der zugesicherten Straffreiheit blieb das irrelevant für den Fall. (Angesichts dieser Zusicherung hielt die Frau es auch für ratsam, besser nicht zuzugeben, dass sie die Abtreibung nicht selbst vorgenommen, sondern nur die Instrumente zur Verfügung gestellt hatte).

Frau Feibl blieb bei ihrem Geständnis und machte auch in der Gerichtsverhandlung einen niedergeschlagenen Eindruck. Sie zeigte echte Reue und wurde aufgrund ihres guten Rufs, gewonnen in der aktiven Hilfe für Frauen in Not, nur zu einer Strafe von zwei Jahren auf Bewährung verurteilt. Ihr Ehemann hingegen konnte keine derartigen Verdienste aufweisen und bekam eine Gefängnisstrafe von zwei Jahren ohne Bewährung.

Johann, dem dieser Fall sehr am Herzen lag, fand die Bestrafung etwas zu milde. Aber er war dieses Gefühl gewohnt. Bestimmte Straftaten hätte er auch in der Vergangenheit häufiger strenger geahndet. Aber seine Aufgabe war es halt, die Straftäter zu überführen. Die Gerichte übernahmen das Weitere.

Im Zuge der Ermittlungen waren einige Details ungeklärt geblieben. Zum Glück hatte Frau Feibl gestanden, sodass der Staatsanwalt nicht alles klären ließ. Zum Beispiel verzichtete er auf eine Gegenüberstellung der Engelmacherin mit Frau Feibl. Johann nahm an, er wollte sich peinliche Nachfragen zur gewährten Straffreiheit ersparen.

Außerdem ergab die Autopsie, dass Lore nicht nur an der Infektion im Unterleib, kombiniert mit einer Lungenentzündung gestorben, sondern im Grunde auch verhungert und verdurstet war. Das erschien Johann merkwürdig angesichts der Tatsache, dass Frau Werner versichert hatte, Lore die 500 Schilling gegeben zu haben. Sie hätte sich davon zumindest Essen und Trinken kaufen oder einen Arzt rufen können.

Merkwürdig war auch, dass von dem Geld jede Spur fehlte. Frau Werner wies jeden Verdacht von sich und schwur auf die Bibel, dass sie vom Verbleib des Geldes nichts wusste. Ihr Leumund als Leiterin des Frauenhauses und ihr Ruf als praktizierende Katholikin überzeugten Johann, dass sie die Wahrheit sagte.

Etwas aber beunruhigte ihn eine Zeitlang. In der Nähe des Sophiengartens am Ufer des Donaukanals wurden zwei verdächtige Gegenstände von Passanten gemeldet und von der Polizei sichergestellt. Es handelte sich um einen offenbar benutzten Kürettagelöffel und eine kleine Flasche Spiritus. Johann erfuhr davon erst einige Zeit nach Beendigung des Falles, sodass er erst einmal keine Verbindung herstellte. Später aber fragte er sich, ob er die Blutgruppe am Löffel mit der Lores hätte vergleichen sollen. Er verwarf diesen Gedanken wieder, aber es beschäftigte ihn zuweilen, dass er die Gründlichkeit, die er bei der Bearbeitung der Fälle an den Tag legte, hier etwas vernachlässigt hatte. Er las sogar noch einmal die entsprechenden Passagen in Lores Tagebuch und verwarf danach beruhigt alle Zweifel.

Es war so beeindruckend, wie Lore diese Familie entlarvt hatte. Johann war zufrieden, dass ihr zumindest nach dem Tod etwas Gerechtigkeit widerfahren war.

***

In der Amalienstraße 48 war nichts mehr, wie es mal war. Familie Feibl gab es im Grunde nicht mehr. Nach der schändlichen Verurteilung des Familienoberhauptes drohte die Firma auseinanderzubrechen. Die Aussicht auf einen Sitz im Stadtrat war dahin und Frau Feibl, die das Anwesen noch bewohnte, lebte hauptsächlich von den Rücklagen. Deshalb gab sie den Widerstand gegen die Heirat der Tochter Emilie mit Anton Winkler auf.

Die Zwei hatten sich versöhnt. Angesichts all des Leids, das Lore zugefügt wurde, erschien Emilie das Vergehen ihres inzwischen Verlobten nicht mehr so gravierend, zumal ihr zukünftiger Gemahl echte Reue zeigte.

Widerstrebend überschrieb Dr. Feibl noch im Gefängnis seine Firma an seine Tochter, denn nur so konnte die Firma gerettet und die Fusion mit der Firma Winkler umgehend vollzogen werden. Im Grunde hatte er erreicht, was er wollte. Dass eigentlich die Firma Winkler gerettet wurde, erfuhr er nie, auch nicht nach seiner Freilassung. Die Färberei Winkler & Feibl erholte sich über die Jahre, ohne dass Dr. Feibl darin eine Rolle mehr spielte.

Philipps Studium in London zog sich hin. Emilie kümmerte sich großzügig um die Kosten. Es sollte noch einige Zeit vergehen, bis Philipp in Wien wieder gesellschaftsfähig sein würde.

Ob man Lore als Rächerin bezeichnen sollte, liegt im Auge des Betrachters.

Sie selbst allerdings wollte Rache und hat dafür ihren Preis bezahlt.